Misfortune † Seven

亞森

Age 17

PROFILE

稱號：變形者
樣貌：娃娃臉，一頭接近白色的短金髮。

「只要對瑞文忠心，
瑞文不會棄你而去。」

性格

被瑞文從村莊的獵殺中所救回，對瑞文相當忠心。年紀雖然最小，卻是瑞文的團隊裡最沉穩可靠的一員。時常變成渡鴉，喜歡小動物。

C H A R A C T E R   F I L E

Misfortune † Seven

柯羅

Age 17

「為什麼我不能狙擊我的長官？誰規定的？」

性格

代號「夜鴉」的狙擊手柯羅，擅於藏匿，狙擊精準。一旦被夜鴉盯上的狙擊對象，全都逃不過他的狙擊；然而唯獨某位很會逃又異常幸運的軍官萊特，他怎麼打都打不中。

CHARACTER FILE

Misfortune † Seven

萊特·蕭伍德

Age 18

「今天又莫名其妙被表揚了呢！」

性格

高階「白獅」軍官萊特，參軍之後什麼都沒做就莫名其妙一路被升等的幸運之人。多次被不明人士狙擊，但每次都極其幸運地和子彈擦肩而過。

CHARACTER FILE

Misfortune † Seven

丹鹿·瓦倫汀

Age 19

「紅酒和起司拼盤不是生活必需品！」

性格

負責後勤及物資準備的軍需官丹鹿，每天都在精打細算，為同伴們的日常生活大小事著想。時常被軍醫討要昂貴的生活不必需品，為此非常困擾。

C H A R A C T E R   F I L E

Misfortune † Seven

榭汀

Age 20

「紅酒和起司拼盤是生活必需品！」

性格

代號「狩貓」的軍醫榭汀，傳說可以治好任何大小傷口，戰場上最值得信賴的夥伴……但據某軍需官的說法，為人相當驕縱任性，千萬不要隨意拍打餵食，很容易被纏上。

GOBOOKS
& SITAK
GROUP©

GOBOOKS & SITAK GROUP©

三日月書版

三日月書版

輕世代 FW362
三日月書版
12
著 碰碰俺爺
畫 woonak
MISFORTUNE † SEVEN
夜鴉事典
——冥蝕之影——

夜鴉事典

Misfortune † Seven

CONTENTS

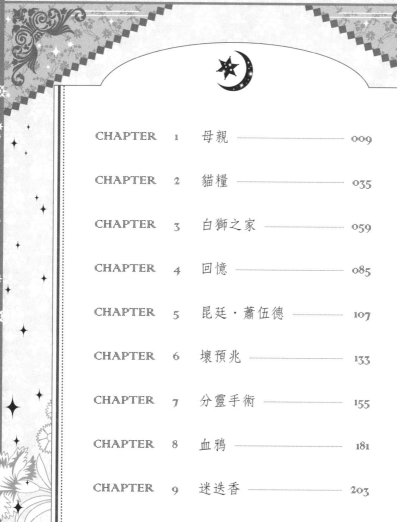

CHAPTER 1

母親

如果有人提到母親這個字眼，萊特的腦海裡第一秒浮現的，可能是丹鹿的母親和她的歌聲。

在他還小的時候，每晚，她都會在丹鹿以及借宿的他床旁輕聲唱著搖籃曲，哄他們入睡。

萊特永遠都會記得丹鹿母親的歌聲。

雖然丹鹿老是嫌家裡人多很麻煩，媽媽愛唱歌很丟臉，萊特卻很羨慕丹鹿擁有這樣的母親。

萊特會永遠記住丹鹿母親的聲音，自己母親的倒是已經相對模糊了。每當他回到家，母親不是不在，就是還在和父親忙於公事。

萊特的母親從來不會在夜裡來說晚安，為他唱搖籃曲。

幼年時期曾經有一次，他在睡前鼓足勇氣，想讓母親也替他唱首搖籃曲；然而當母親站在他的床旁，冷漠地替他拉上被子，像陌生人一樣問他還有什麼需要時，萊特還是把話吞回了嘴裡。

不知為何，萊特總覺得自己和母親之間有一道跨不過去的隔閡。

母親葛瑞絲是位嚴肅、冷漠，很有威嚴的鷹派教士。她面容清麗，有頭深色的烏亮長髮。但她總是梳著包頭，全身上下一絲不苟，萊特甚至從沒看過她放下頭髮的模樣。

所有看過萊特和葛瑞絲同時出現的人都說，萊特和葛瑞絲從長相到氣質完全沒有一絲相似的地方。

和葛瑞絲不同，萊特一出生就有著一頭亮晶晶的金髮。

他的爺爺哈洛．蕭伍德也有一頭偏金色的頭髮，卻沒有萊特的髮色這麼耀眼。

萊特看上去像是個抱來的孩子。

教廷裡總有無聊的人這麼竊竊私語，甚至還有傳言萊特根本是哈洛．蕭伍德抱回來的私生子……因為一直有傳聞揣測著，葛瑞絲其實是個不孕者。

當然，這些都只是傳言而已，從來沒被證實，也被當時的大主教哈洛斥為笑話。

葛瑞絲是個不錯的母親。萊特一直是這麼想的。

即便她總是很忙，跟著父親到處出差，長時間不在萊特的身邊；但一直以來她都會確保萊特衣食無缺，讓他睡飽穿暖……

無論外人怎麼說，葛瑞絲絕對不是個糟糕的母親，她盡了所有母親應盡的基本責任。

只是人都是貪心的。

對萊特來說，比起葛瑞絲，更像他真正母親的，可能還是那個會在他床旁陪著他，唱搖籃曲給他聽的丹鹿的母親。

丹鹿的母親對待萊特的態度，有時候或許還比對待丹鹿更體貼呵護。

而且不只是丹鹿的母親，萊特受到整個瓦倫汀家很多照顧。他們陪著他度過所有節日、生日、成年禮，或任何大大小小的紀念日。

瓦倫汀家也更像他真正的家。

萊特記得所有和瓦倫汀家共度的日子，卻記不太清楚和父母共度的時光。

每當他必須回到蕭伍德家時，面對的總是空蕩蕩的房子，彷彿沒人想跟他待在一起。

這讓天性樂觀的萊特偶爾也會忍不住反覆思索，自己是不是做錯了什麼事讓父母不喜歡待在他身邊？

又或者……

——**萊特是個抱來的孩子**。

有沒有可能，這個傳言是真的？

好幾次，萊特都想和父母談談這件事情，卻都沒有一次能說出口。

小時候的萊特不敢面對這一切。然而一直到現在，他長大、能夠獨當一面了，站在蕭伍德家的墓園中，面對的也只是母親和父親的墓碑，他依然開不了口。

只剩他一個人的蕭伍德家，再追究這些問題似乎也沒有意義。

萊特最後選擇遺忘這些困擾，對任何人都避而不談。他掩飾得很好，也沒有人在乎……所以他不曾想過，這個問題居然會在這種時刻浮上檯面逼他面對。

「喂，你在想什麼？」

手裡抱著花束的萊特被人用手臂撞了一下，他回過神來，柯羅和絲蘭正看著他。

原來他已經呆站在原地，盯著眼前的墓碑看了好長一段時間。

墓碑頂端矗立的那隻銅雕黑羊姿態很驕傲，它依然舉著前蹄，尖尖的嘴對著他們，一雙金色的銅眼居高臨下。

萊特卻覺得很親切。

「沒什麼，」萊特頓了頓，視線從黑羊臉上收回，放到絲蘭身上。

絲蘭正細心地撥去墓碑上頭的落葉。

見到柯羅還是一臉擔心，萊特笑著對他說：「我只是在想我以後也要弄一個這樣的墓碑，你不覺得很酷嗎？」

柯羅皺眉，白了他一眼，「那麼你的墓碑上應該要放一隻白痴獨角獸。」

「獨角獸是個好主意耶！我還要在獨角獸的肩膀上放一隻烏鴉，然後你要葬在我的……」

「我說過要隔一個花盆！」

「兩位！」絲蘭瞪過來，要兩人結束他們愚蠢的對話，「放尊重點。」他提醒。

萊特和柯羅兩人安靜下來，他們沒忘記自己正站在陌生女巫的墓前。

「絲蘭先生，這是……」

「別說話，我說過先獻花。」絲蘭說。

萊特低頭看著眼前的墓碑。蜘蛛們正殷勤地打掃著上頭的落葉，將枯萎的花束和空紅酒瓶清走。

不知道為什麼，萊特忽然緊張起來，他蹲下身為墓碑的主人獻上花。

一旁的絲蘭不曉得從哪裡拿出了瓶紅酒，他拔開瓶塞，往墓碑一淋。

萊特看著紅酒流入墓碑上刻著名字的溝縫之中，血紅色的液體染紅了「丹德莉恩」這個名字。

「丹德莉恩……」萊特喃喃著。

瞬間，女巫淒厲的哀嚎在萊特耳旁響起。他彷彿回到了那場異端審判庭，而絲蘭、爺爺以及達莉亞正站在他面前，審訊著那名臉部被抹去的女巫。

女巫的頭髮和衣物都吸飽血水，癱坐在椅子上僵硬不動，失去生息。

「喂，你還好嗎？」柯羅見萊特的臉色鐵青，他詢問。

萊特搖了搖頭示意自己沒事，他看向臉色凝重的絲蘭，「這個名字，是那個異端審判庭上的女巫的名字。」

萊特怎麼樣也忘不了那個場景。

絲蘭默不作聲。

「什麼？你們在說什麼？」柯羅從剛剛開始就一直處於狀況外。

萊特再次看向絲蘭，當時會窺探到絲蘭的那段回憶完全是個意外。在蝕的庇護下，他不小心撞見了亞拉妮克的進食過程，還有絲蘭擔任異端審判者的不堪過往……而柯羅當時被排除在外了。

「你們為什麼都不說話？」柯羅皺眉。

萊特欲言又止，他答應過絲蘭不會多嘴，所以要不要告訴柯羅這件事，決定權在絲蘭身上。

絲蘭看了眼腳下的墓碑，伸手替黑羊雕像拭去灰塵，接著一個人把剩下的紅酒灌完。

萊特和柯羅看得目瞪口呆。

「你們聽過丹德莉恩是誰嗎？」絲蘭把空酒瓶放在墓碑上，蜘蛛們來收走了。

萊特好奇牠們都把垃圾收去哪裡了。

「幾百年前的女巫？」柯羅聳肩，他對這名字依稀有印象，但很模糊。這名字就像是女巫史的教科書上會提到的不重要人物。

絲蘭卻說：「丹德莉恩曾經是我及達莉亞相當親密的友人，過去也是黑萊塔的女巫之一——最後一位魔羊女巫。」

萊特和柯羅驚訝得瞪大眼，因為他們不知道這段歷史。

「那是最後一位魔羊女巫？」萊特以為絲蘭他們當時刑求的是名未登記的流浪女巫。

除了必須拋頭露面的大女巫，黑萊塔的男巫或女巫們通常只讓外界知道他們的家族名號，不會透露太多私人資訊。很多人知道黑萊塔有夜鴉男巫、狩貓男巫，卻從不知道他們的本名或是長相。

督導教士則不同，大眾至少會知道教士的名字，或多少聽過一些關於女巫男巫們的傳聞。

可身為督導教士和女巫小達人的萊特卻從沒聽過這號人物，也不知道最後一任魔羊女巫在黑萊塔裡服務過。

「我也沒聽達莉亞提起過她。」柯羅皺眉。

「你們這一代已經幾乎遺忘她了吧？才不過幾年的時間，一個人要消失還真簡單。」絲蘭喃喃自語，然後解釋道：「我們不被允許提起她，因為她是個祕密、是教廷百年來的大醜聞，和你兄長一樣。」

「不要哪壺不開提哪壺！」柯羅瞪向絲蘭。

絲蘭沒理會柯羅，他繼續說：「當年她犯了不該犯的大錯，最後被解除了黑萊塔的職位，淪落到必須接受異端審判的地步。而當時的異端審判者是我、萊特的爺爺哈洛．蕭伍德，還有你的母親，達莉亞。」

「這些是什麼時候的事情？」柯羅問。

「是你出生前的事了。」絲蘭盯著墓碑，彷彿在回憶那場異端審判的過程。

柯羅想了想覺得不對勁，他看向萊特，「但為什麼你會知道這件事？」

絲蘭開口替萊特解釋：「那是在哭嚎山峰時發生的事，當時你還在昏睡中，趁著這個機會，我本來打算和蝕談些條件……」

「你這王八蛋！我就知道你對我肚子裡的東西有興趣！」柯羅吼道。

嘻嘻。他肚子裡的東西發出笑聲。

「別擔心，我們的談判後來破局了，那傢伙還挾帶著萊特闖進亞拉妮克的房間，窺探我的記憶。」絲蘭說，「那是個很糟糕的經驗，你肚子裡的東西是一團壞水，就算你現在想免費送我，我也不要。」

真是冷酷無情的負心漢。柯羅肚子裡的東西又說。

柯羅默不作聲地用力掐痛了自己的腹部，即便他明明知道這樣根本傷害不到蝕。

「我知道告訴你這件事你一定會抓狂，想跟我拚個你死我活，所以我當時要求萊特保密。」

萊特拉著柯羅對他點頭，表示絲蘭的話都是真的。

「抱歉，那時我是無意間撞見絲蘭先生的回憶，絲蘭先生要求我別說出去，我就沒說了。而且當時的情況確實也不適合告訴你……」

柯羅沒說話，還在氣頭上的他不知道該說什麼，他一臉不悅地甩開萊特的手。

哈哈，小鑽石是個說謊精。

「閉嘴！你才是最大的問題！」柯羅又捶了下腹部。

「抱歉。」道歉的卻是萊特。

柯羅想解釋自己不是在罵萊特，一時卻又說不出口。他雙手環胸，改把脾氣發回絲蘭身上。

「我們先別廢話這麼多了，你大老遠把我們抓來這裡，到底和這女巫有什麼關係？」

「事實上，我要抓的人只有萊特而已。」絲蘭說。「你是附贈的。」

「你是很想找我吵架是不是？」柯羅的情緒讓天空陰陰晴晴的，但他依然挺身擋到了萊特面前，「你今天一直表現得很古怪噁心，快說，你到底想對萊特幹嘛？」

「我只是想和萊特確認一件事。」

「什麼事？」

「回答我，萊特，你的父母到底是誰？」絲蘭越過柯羅，直接詢問萊特。

柯羅整個人瞬間警戒起來，天空變得昏暗，像暴雨前夕的陰沉。

「是誰跟你說了什麼？賽勒嗎？」

看到柯羅的反應，絲蘭皺眉，「賽勒也知道什麼嗎？」

柯羅瞬間噤聲，他站在萊特面前動也不動，直到萊特開口打破沉默。

「我的父母是露德．蕭伍德，以及葛瑞絲．溫特。」萊特說，他伸手輕輕按住柯羅的肩膀，要他冷靜。

絲蘭深吸了口氣，蜘蛛們在他耳邊爬行細語。他說：「我知道，露德是前大主教哈洛的長子，葛瑞絲．溫特是鷹派教士，你名義上的母親。我已經查過你的身世，蜘蛛們都告訴我了。」

「那你到底想問什麼？你是故意來找碴的嗎？」柯羅握緊拳頭。

「這些都只是基本資訊而已，誰都有辦法查到。」絲蘭說，「但有一些不為人知的祕密被你們蕭伍德家藏起來了，從來沒人知道真相。」

萊特沒說話。

「你和你母親一點都不像，你是個忽然冒出來的孩子，而在你出現之前，教廷一直有傳言葛瑞絲．溫特是個不孕的女人，所以才會嫁給一個獅派教士。」絲蘭說得很直接。

鷹派的教義本來就注重生育，不能生育的女性對鷹派教士來說並不光彩。葛瑞絲是個優秀的女人，對鷹派的人來說卻不夠優秀。

「哈洛動用了他的所有資源，讓這些事看上去像個傳言，但它真的是傳言嗎？萊特！」

「你是不是吸白鴉葉吸瘋了，欠扁啊？」柯羅剛要往前就被萊特揪住了衣領。

萊特沉默半晌後，才開口問道：「絲蘭先生，為什麼忽然問我這些問題？難不成你也相信那些傳言？」

「我只是忽然想通了，有關於你身上那些奇怪的現象……如果和那些過去被我當成笑話一樣看的傳言串在一起，一切就合理了。」

絲蘭指著萊特。

「萊特，我懷疑你……體內流著巫族的血液。」

絲蘭一直都不喜歡蕭伍德家的人。

追溯歷史，他們就是當初拐騙初代大女巫簽訂白鴉協約的教士子孫。如果當年大女巫沒有簽訂白鴉協約，或許他們現在的生活不會過得如此壓抑。雖然沒簽訂白鴉協約也可能造成他們直接滅族——但比起滅族，他們現在也不見得過得比較好。絲蘭是這麼想的。

蕭伍德家的人大部分都是同一個德性，對巫族過分熱情、友善，而唯一比較正常的可能就那幾個，比如說哈洛．蕭伍德的兩個兒子——露德和昆廷。

前者個性嚴謹、後者安靜沉穩。

不過他們依然沒獲得絲蘭的多少喜愛，絲蘭只覺得他們都是群同流合汙的偽君子。

而果然不出所料……

當年在獅派的哈洛．蕭伍德當上大主教後，巫族們原本以為會迎來完全不同的局面，黑萊塔內的男巫女巫們將不再受到歧視，並且享有更多自由和權利。

但結果呢？

無能的哈洛．蕭伍德讓他們失望了，什麼事情都沒改變，他的子嗣還害死了一名女巫和她的孩子……

而當年承諾會為他們帶來不同風氣的哈洛，最後甚至成為了可笑的白衣泡芙主教。

自從那場異端審判結束之後，失望透頂的絲蘭就下定決心，以後不再跟蕭伍德家來往，也不再關心任何蕭伍德家的事情。

他甚至不願意出席大主教的葬禮。

那些關於蕭伍德家的傳聞、醜聞都不再與他有任何關係。

接下來的日子裡，絲蘭只專注於研究怎麼增強自己的巫力、維持自己的巔峰狀態。因為他認清了……如果要保護巫族，教士是不可信的，他們最後還是只能靠自己。

只可惜他失敗了，然後又一個蕭伍德冒了出來。

「沒有普通人能隨意進入使魔的房間，沒有！別告訴我你們沒發現事情哪裡古怪，萊特可以進入任何使魔的房間，在你們的靈魂從地獄裡透過召喚陣被拉出來時，他甚至一點損傷也沒有。」絲蘭激動地說著，「這不是一般人能做到的事！」

萊特和柯羅盯著他看，無法反駁半句話。

絲蘭原本以為這可能只是某種巧合、某種僥倖而已。蕭伍德家的人一直都很怪，出個像萊特這樣幸運的怪咖也不奇怪。

所以當時他還沒想到要去深入探究萊特究竟是哪個蕭伍德的孩子，直到越來越多圍繞在萊特身上的怪事發生……

賽勒的惡作劇和那場惡夢也點醒了絲蘭一件事，他一直認為自己不信任蕭伍德家的人，那為什麼當年會這麼信任哈洛所說的話呢？

丹德莉恩確實死了，但孩子呢？真的如哈洛所說的死了嗎？他甚至沒看過屍體。

「我們都知道，只有體內流著女巫血液的人才能隨意進入使魔的房間，毫髮無傷地穿越召喚陣。」絲蘭說。

墓園裡一片靜默，只有烏鴉聚集在樹上嘎嘎叫的聲音；蜘蛛們也匯集在墳墓旁，不安地竄動著。

見到萊特和柯羅兩人沒有太大反應，默不作聲地盯著他看，天空又再度一片陰暗，絲蘭的心裡稍微有底了。

「你們兩個早就知道這件事了……明明知道了，卻沒有提出來討論嗎？」

「你以為你是誰？你又不值得我們信任。」柯羅握緊拳頭，烏鴉們在樹上叫著。他說：「這件事根本不該有任何人知道！你很清楚任何人知道都可能會為萊特帶來危險！更何況是你。」

柯羅這話說得確實也沒錯。

「聽著，柯羅……」

「既然你知道了這件事，你現在到底打算怎麼做？拿這件事來威脅我們嗎？」柯羅啪啪啪地折著手指，烏鴉們不安分地拍起了翅膀，「也許我們應該現在就把你埋在這裡，和你的女朋友一起。」

「她是一位摯友，我和你母親的摯友，你嘴巴最好放乾淨點。」絲蘭低聲說道。他的蜘蛛們聚集在腳邊，全都一副嚴陣以待的模樣。

萊特卻在這時站了出來，他舉起雙手要兩位男巫冷靜下來。

「我相信如果絲蘭先生要威脅我們，應該不會特地跑到羊皮莊去救我們，還幫我們解決賽勒的問題。」

「但是這傢伙有很多前科……」

「絲蘭先生，你把我們叫來這裡的用意到底是什麼？」萊特轉頭看向絲蘭。

絲蘭凝視著眼前的萊特，萊特的那頭金髮和藍眼睛是這麼的熟悉，可惜他卻想不起來讓他感到熟悉的那張臉孔。

他擺擺手，讓戒備著的蜘蛛們全數退下。

「這次請相信我，我不是懷抱著惡意前來。」絲蘭走到萊特面前。紫髮的老紳士這次沒有變回孩童的模樣，他固執地維持著成人的型態，彷彿在昭示他的誠懇。「我只是需要確認一件事，我要確認你是不是丹德莉恩的孩子。」

樹上的烏鴉也停止了鳴叫和挑釁的舉動，牠們盯著墓園裡的男巫們看。

絲蘭伸手捧住萊特的臉，他很努力地回想著丹德莉恩的容貌，腦海裡浮現的卻只有一片模糊的臉；但如果萊特真的是丹德莉恩的孩子，丹德莉恩或許會和萊特非常相似……

「你為什麼會認為我是她的孩子？」萊特問。柯羅從他背後靠上來，粗魯地拉開絲蘭的雙手。

「因為當年丹德莉恩會被迫接受異端審判，是因為她被指控和某名教士暗生情愫，甚至懷有身孕。

「這是非常大的一件醜聞。女巫不該和教士苟合，教士不該對女巫產生情愫——我們不該是那樣的關係。」

絲蘭說著說著，眼神黯淡下來。

萊特和柯羅兩人同時看向腳邊的墓，墓碑上沒有墓誌銘、沒有生卒年，什麼都沒有。這不該是一名女巫逝世後應遭遇的對待。

「所有人都知道，當初教廷和巫族有過協議，教士和巫族只能是監督與被監督的關係，我們不能結合，更不能……」

「生下孩子。」萊特接話，「所以是真的嗎？丹德莉恩真的做了那些事？」

「謠言出來後，丹德莉恩逃跑了一段時間，在被我們抓到時，她已經生產了；但她不肯說出把孩子丟在哪裡。所以按照協約和教廷的規定，我們必須對她進行異端審判，逼她說出來。」絲蘭垂下眼眸，「然而她……」

萊特看過很多絲蘭憔悴的時刻，卻從沒看過像他現在這麼蒼白無神的模樣。

「我們沒發現她在異端審判前對自己下了巫術，她詛咒自己，如果說出實話就必須面對死亡。」絲蘭說，「最後……在經歷了異端審判的折磨後，她選擇將實話告訴了你的爺爺。」

這解釋了女巫最後的死狀。萊特不語，他可能永遠也無法忘記那一幕。

「而你爺爺告訴我們，孩子已經死了。」絲蘭說。

萊特那時聽到的也是這樣。

「我和達莉亞當時都對這件事情深信不疑，但我們都忘了一件事，我們太相信哈洛．蕭伍德了——丹德莉恩或許說了實話，但他說的是實話嗎？」

「你認為爺爺他說了謊嗎？」

「我讓蜘蛛們調查過了，你名義上的母親葛瑞絲在那之後也莫名其妙地休養了一年，原本被傳聞不孕的她，在這一年裡忽然和你父親蹦出了你這個孩子，這不是很奇怪嗎？」

絲蘭凝視著萊特，試著從他的臉去刻劃丹德莉恩的長相。

「唯一的解釋是你爺爺說了謊，孩子還在，而且他抱走了。」

「但這一切都只是猜測而已，我們沒有證據證明我真的是……」

絲蘭的視線望向了萊特的腹部，注意到這件事的柯羅立刻跳出來。

「休想！萬一全部都只是誤會怎麼辦？試著讓使魔爬進萊特的肚子有可能會直接殺死他！」柯羅護在萊特身前。

「不試試嗎？萊特一直以來都很幸運，說不定能逃過一劫……順便一提，魔羊家的人向來很幸運。」

萊特符合了這個標準。

「不！我才不會讓他冒這個險！」

絲蘭嘆了口氣，看著柯羅死活都不願意的模樣，他搖搖頭，看向萊特。

「開個玩笑，那只是個想法而已。」絲蘭凝視著萊特許久，「如果你真的是丹德莉恩的孩子，我是不可能會傷害你的。」

紫髮紳士的語氣從來沒有這麼真誠過。萊特點頭，示意他明白。

「哈洛藏了太多祕密，而知道那些祕密的人大部分也都已經把祕密帶入墳墓裡了……你身為蕭伍德家的最後一人，家裡都沒有什麼蛛絲馬跡可以查尋嗎？哈洛的舊物、日記、遺物之類的？」

「爺爺過世之後他的房間我就一直被禁止進入，加上我已經很久沒回老家了……」

「我們應該回去你老家看看。」

「咦？現在？」

「對，就是現在。」絲蘭一把抓住萊特的手。

「等等，我們不是還要回去幫忙分靈手術……」

「那個不重要。」

「喂！把你的手放開！就算萊特相信你，我也還沒相信……」柯羅把手也放了上去。

「可是我們要怎麼過去，你知道我老家在哪？絲蘭先生你這樣不會太像變去……」

「安靜！」絲蘭喊停了兩個吵個沒完的小鬼頭，他對著萊特說：「現在，告訴蜘蛛們你老家長什麼樣子。」

「只需要說長什麼樣子嗎？不需要說地址嗎？」

「蜘蛛們不是外送員！」絲蘭深吸了口氣，無奈他剛剛才發過誓不會傷害丹德莉恩的孩子。「現在專心，向蜘蛛們描述你的老家。」

蜘蛛們沿著絲蘭的手臂不斷爬到萊特身上，沿著他的肩膀爬進耳朵裡。萊特起了滿身雞皮疙瘩，耳朵癢癢的，彷彿不停有人在他耳邊說著話。

「呃……我的老家很大，白色的建築，被樹林圍繞，前院有噴水池和一堆爺爺留下的女巫雕像……」

「現在想像一下你老家的大門，長什麼樣子，什麼顏色？」

「黑色的大門，上面有個金色的獅頭拉環。」萊特想像著老家大門的模樣。

金色獅頭因為年代久遠已經有些鏽蝕，但獅頭的鼻子卻依然光亮如新，因為爺爺曾經說，敲門時順手摸摸獅鼻會帶來一整年的好運。除此之外，門面還有一些被啄食的痕跡，曾經有段時間，一群調皮的烏鴉很喜歡站到獅頭上亂敲門惡作劇……

萊特眨了下眼，一扇門忽然出現在他們面前，而且跟他老家的門一模一樣。

「我們走。」絲蘭說。

萊特看了絲蘭一眼，又望向底下的墓，他好奇女巫丹德莉恩是不是在泥土地下看著一切。

「萊特！如果不想繼續下去就不要勉強。」柯羅拉住萊特。

萊特卻搖了搖頭。

看著緩緩敞開來的蕭伍德老家大門，還有熟悉的大廳，萊特深吸了口氣，對著柯羅說：「不，有些事我必須去面對。」

CHAPTER 2

貓糧

四周一片昏暗，只有微弱的光芒從上頭的縫隙微微透進來。

丹鹿站在一片陰暗之中，一扇敞開的鐵門憑空矗立在一旁。他負責擋著不讓鐵門關上，鐵門卻不斷震顫著，還猛敲了他的後腦勺一下。

「噢！」丹鹿按著後腦，痛到蹲地，但還是盡責地擋在門邊。

黑暗中有東西發出笑聲，**咯咯咯的**，幾個巨大的貓科動物腳印憑空出現在布滿灰塵的地板上，沿途往丹鹿走來。

詭異的藍光不斷從四面八方的角落閃現，而原先又硬又髒的地板竟然變成了柔軟又毛茸茸的觸感。

丹鹿才剛抬起頭，一個他看不見的龐然大物從他面前經過，又厚又柔軟的毛皮直接撞到他臉上，一路蹭過去。

丹鹿起了雞皮疙瘩，「不要這樣啦！」

「我以為你需要幫忙。」無辜的聲音在丹鹿耳邊響起，白森森的利齒浮現在空中，咧成一個戲謔的弧度。

深藍色的大貓浮現在丹鹿面前，用牠的鼻子碰了丹鹿的鼻子一下，然後故意伸出長滿倒鉤的舌頭舔過對方的臉。

「啊啊啊！我叫你住手！」丹鹿抹著沾滿口水的臉，後面的門又撞了一下他的後腦勺。「噢！」

「柴郡！不要鬧他。」人正站在不遠處的榭汀終於出聲，他伸手打了兩下響指。

柴郡又咯咯笑了幾聲，牠一瞬間消失，又出現在榭汀身後。

「你還好嗎？鹿。」

「沒事。」

丹鹿才剛爬起來，鐵門又晃了兩下，嚇得他縮起了身體。不過預料中被鐵門再度攻擊的事情並沒有發生，他張開眼，幾絲藤蔓幫忙纏繞住了鐵門。

丹鹿這才安心下來。

「絲蘭那傢伙太過分了吧！到底有什麼事這麼急要把我們丟在這裡？」揉著腦袋，丹鹿不太確定他們現在在哪裡，但看這陰森恐怖的裝潢，很有可能是絲蘭用來擄人囚禁的祕密地窖吧？

不然誰能隨手就弄來一個這麼偏僻、還封閉到幾乎密不透風的地方呢？

「他願意提供場地給我們就不錯了，我原本還以為他會讓亞拉妮克直接把所有『病患』都吐到我的辦公室裡。」榭汀說。

他一提到病患，絲蘭的「恐怖地窖」便傳出可怕的哀號聲，像嬰兒哭聲，又像羊叫聲。

丹鹿有點緊張，他戰戰兢兢地往前方看去。

地窖中央，一隻似羊似人的怪物被蜘蛛網纏緊了全身，在地上四肢抽搐地不斷翻滾掙扎。蜘蛛們不停往牠身上補著蛛絲，卻連續被怪物壓死了不少隻。

眼看守不住了，蜘蛛們像是潰堤般四處奔逃。

怪物那隻像羊蹄般黏連在一起的手抓破了蛛絲，如同破殼的蠶蛹般從中爬出。

丹鹿看了很緊張，但他的男巫卻像沒事般，踩著貓步在怪物周圍走動並觀察。柴郡緊緊跟在他身後，一下子現身，一下子隱形。

「小心一點。」丹鹿忍不住提醒。

「不要緊的。」榭汀卻說。他大膽地蹲在那頭怪物面前，近距離地觀察。

怪物嘶吼著，一邊流著淚。牠的淚水變成了黑色，滴落時又像灰燼般飄散開來。

「牠說牠的名字叫湯姆，湯姆痛痛、湯姆哭哭、湯姆餓餓。」柴郡繞著怪物轉圈圈，拔高聲音佯裝出嬰兒叫聲。

「萊特說他們是在報案人家中的農場找到他的，他從來就沒有失蹤，只是被父親藏在農場裡。」丹鹿說。「他的父親告訴萊特，他們是被森林裡的巫族們詛咒了。」

「變形者對嗎？」榭汀捏著下巴。

「對……」

怪物湯姆忽然開始全身抽搐顫抖，牠抖動著四肢站起身，對榭汀張大了嘴。

「榭汀！」

「柴郡。」榭汀輕揮手指。

藍色的大貓從他身後消失，出現在怪物湯姆的上方。牠落在湯姆身上，用重量壓制住，巨大的貓掌沉甸甸地踩在那顆似人似羊的腦袋上。

「安靜！」柴郡齜牙咧嘴。

丹鹿在一旁觀看著這一切，不知道是不是錯覺，站在怪物身上的柴郡，體型看起來比以前的任何時候都還要大。

從前丹鹿只是覺得毛茸茸的柴郡「有點嚇人」的話，現在的柴郡就是「非常嚇人」了。他不知道是什麼改變了這些，直覺只告訴他，連榭汀都變得不太一樣了。

「掰開牠的嘴，柴郡。」榭汀命令道。

怪物湯姆在巨大使魔的箝制之下仍然試圖掙扎，榭汀輕輕地又打一個響指，地上竄出藤蔓，纏繞在湯姆身上打了好幾個結，緊緊絞住。

丹鹿煞有其事地點點頭，身為教士中最會綁龜甲縛的束縛大師，在他眼中那些是完美的死結。

「名師出高徒，跟你學的。」彷彿猜到了丹鹿正在想什麼，榭汀對他眨眼。

纏住鐵門的藤蔓也伸出它的觸手撩了丹鹿的臉兩下。

「哎！正經點！」丹鹿撫摸著漲紅的臉，縮起身體遠離藤蔓的騷擾。

或許他只是想太多了，榭汀一點也沒變。

「咩咩咩咩——」怪物湯姆再度發出哀號，柴郡不知何時變回了人形，俊美的面容充滿駭人的獵食者氣息。

牠徒手掰開怪物湯姆的嘴，丹鹿一度很擔心使魔會失控，直接撕爛湯姆的身體。

「這和寂眠谷那群病患的症狀很相似……」榭汀看著不斷從湯姆口中吐出的黑色唾沫，那唾沫甚至讓他的藤蔓不斷枯死。「但比起寂眠谷，這次的惡意更強烈。」

榭汀皺眉，「這不是變形者有能耐施下的巫術。」

「有沒有可能和朱諾有關？萊特有說，賽勒跟他說過，朱諾身邊也有一個變形者。」丹鹿問。

「但朱諾並沒有這樣的能耐，蠍毒可以控制心智，卻不能把人變成這樣的怪物。」

有人在背後搞鬼，他們卻一直猜不透對方的身分，也抓不到這個人。

丹鹿傷腦筋地歪了歪腦袋，又問：「那能像上次一樣治好嗎？」

「不確定，只能試試看了。」

榭汀從懷裡掏出骨針，輕輕往拇指上一刺，血珠冒了出來。柴郡看上去很有興趣，頻頻舔著嘴唇。

如果天堂的養分是靠攝取榭汀的血液，那麼柴郡的養分會不會也是靠榭汀的血液呢？而這就是為什麼每次榭汀都不讓他參與使魔進食的緣故？因為太血腥了？

丹鹿在心裡想著一百種可能性。

榭汀從容地將血珠滴在另一手的掌心上，用拇指輕輕畫著類似火焰形狀的花朵圖形，並且握緊。

昏暗的地窖內瞬間燃起了一絲螢光色的藍光。

水母觸角般的絲狀根部竄出榭汀的掌心，纏住了他的雙手。

榭汀將雙手打開，一朵花苞從手心鑽出，並且迅速生長。花苞只用了幾秒便綻放開來，霎那間，藍色的光芒照亮了昏暗的四周。

還來不及去注意那些銹在地窖角落的奇形怪狀骸骨，丹鹿呆呆地看著手捧藍色火焰的榭汀。

火焰在他的手心裡熊熊燃燒，幾乎竄到了天花板上。

一股嗆辣的熱風襲來，丹鹿像是被人當面撒了一大把胡椒，嗆得噴嚏連連。

熱風吹散了榭汀綁著的長髮，他卻像沒事般望著掌中不斷燃燒的火焰，嘴中喃喃念著：「將作惡的羊群引出羊圈，將作惡的羊群驅離羊圈。」

竄高的火焰一下子閃燃成紅色，一下子閃燃成綠色。

怪物湯姆嚎叫著，柴郡更用力地掰開羊嘴，幾乎快要撕裂湯姆的臉。

「冷靜，柴郡。」

榭汀一手捧著火焰，一手從懷裡掏出另一根骨針。他用骨針輕輕戳弄著手裡的藍色火焰，火焰沿著骨針燃燒，逐漸從榭汀的掌心爬到那根小小的骨針上。

骨針上頭雕刻著骷髏，火焰從兩顆黑漆漆的空洞眼珠中竄出，骷髏像是在發怒，燃燒起了熊熊大火。

「舌頭。」榭汀捻著迷你火炬般的骨針。

看著那熱氣騰騰的藍焰，丹鹿擔心著榭汀的手有沒有事。

「要我割掉牠的舌頭嗎？」柴郡嘻嘻笑著。

「喂！不行，再怎麼樣他都只是普通的居民。」丹鹿急忙打岔，榭汀卻舉起手要他留在原地。

他斥責似地對著柴郡說：「不，別開鹿的玩笑，正經點，拉出來就好。」

柴郡眨了眨眼，心不甘情不願地喵喵叫著，伸出了如同針鉤般銳利的貓爪。使魔抓住了怪物湯姆的舌頭，爪子深深插入舌根，用力將牠的舌頭拉了出來。

榭汀親吻骨針，藍焰更是熊熊燃燒，接著他將骨針刺入湯姆的舌尖。

「退開，柴郡。」榭汀下令的同時，柴郡立刻從湯姆身上跳開。

怪物湯姆僵直地伸著舌頭，彷彿被那根小小的骨針釘死在原地。藍色的火焰在牠的口腔裡燃燒，越燒越旺。

骨針在藍焰中化為灰燼，忽然可以動彈的怪物湯姆猛地一掙，牠喀一聲閉上嘴，喉結咕嚕地上下滑動。

藍焰瞬間熄滅。

怪物湯姆沒事般地站起來，哼著黑色的煙霧，蠢蠢欲動地準備攻擊榭汀。

榭汀也不慌，因為就在怪物湯姆挪動步伐的下個瞬間，藍色的火焰再次燃燒，並且從牠的眼、耳、口、鼻竄了出來。

怪物湯姆發出痛苦的嚎叫，藍色火焰在牠身上熊熊燃燒，燙得牠滿地打滾。

一旁的丹鹿被那忽然其來的強烈亮光和熱度燻得忍不住舉起雙手擋臉，他連在自己身上都聞到了燒焦的氣味。

「榭汀！」丹鹿喊著。

他努力睜開眼，很勉強地往前邁進，只是他才沒走幾步，一件披風直接蓋到了他的頭上。

披風帶有幾絲涼意，讓身體快跟著室溫一起燒起來的丹鹿瞬間舒適了不少。

丹鹿拉下披風，看著繡有璀璨圖騰的藍底布料，他才意識到那是榭汀的披風。柴郡出現在他面前，又用貓的型態往他身上蹭過來蹭過去。

看著眼前被藍色火焰熊熊燃燒著的地窖，丹鹿緊張地問：「榭汀人呢？」

「我喜歡你這麼擔心父親，你是個好朋友、好兄弟、好戀人、好伙伴……」

丹鹿正要開口糾正什麼，榭汀卻若無其事地從藍色火焰中走出來。身上沒了披風的他，看上去一副輕鬆自在的模樣，他一邊將自己披散的長髮重新繫上，一邊走向丹鹿。

「為什麼那副臉？」榭汀歪著腦袋，一臉不解地問。

「我還以為、我以為、你……」丹鹿的食指來回指著火焰和榭汀。「你還好嗎？有沒有哪裡燙傷之類的？」

榭汀笑出聲來，「暹貓家的專長之一就是蘊育，身為**暹貓**男巫卻被自己蘊育出的植物燙傷，也未免太漏氣了。」

語畢，榭汀自己皺了皺眉，但很快又恢復一派輕鬆的表情。

丹鹿沒注意到異狀，他驚訝地指著在地窖中燃燒的火焰，「那是植物？」

「對，那是藍焰，一種可以祛除巫毒的植物，本來應該還要再經過很多加工手續、讓中了巫毒的人服用才會有效，但現在不用了……」榭汀看著自己的手掌，似乎也有些驚訝於自身的狀態。「我有能力直接驅離那些巫毒。」

榭汀用手帕擦拭掉手心上的血珠。

「這麼厲害怎麼當初不快點幫我把身體裡的壞東西趕出去。」丹鹿單刀直入地吐槽。

榭汀看著丹鹿，沒多說什麼，只是微笑不語。

只有柴郡不滿地呼嚕著，很有威脅性地用力磨蹭丹鹿，讓丹鹿吃了一嘴毛。

「不知感恩，你不知道現在是因為父親的力量逐漸……」

「蠍毒入侵的是你的腦子，這個陌生的巫毒入侵的是身體。」榭汀打斷柴郡的話，「你是記憶被竄改，比較麻煩；這傢伙是身體被改變，相對來說比較好解決。」

丹鹿看上去有聽沒有懂，他露出狐疑的表情，但沒有繼續追問。

「總之，那真的能治好吧？」丹鹿懷疑地問，「應該不是……直接燒掉了吧？」

「別緊張，看著。」榭汀轉身，站在丹鹿身旁和他一同觀看著那團亮藍色的火光。

丹鹿的身後被頂了一下，這才發現柴郡正在他們身後充當柔軟的靠墊。

但柴郡到底是什麼時候變得這麼大隻了？他心想。

地窖裡的熱度漸漸平息，原先竄燒到天花板上的藍焰逐漸轉弱，丹鹿終於又重新看見了被藍焰吞噬的湯姆身影。

怪物湯姆的身體像根被燃燒的木柴，原本龐大的身軀逐漸化為灰燼，黑色的塵埃不斷向上逃竄。

駭人的火光變得微弱，冒出來的火星輕飄飄地四處遊蕩。

「藍焰會燒掉他身上的所有巫毒。」和丹鹿肩並肩的榭汀說。

「等燒完就會恢復正常嗎？」丹鹿抹了把臉，滿手都是藍色的貓毛。

「這個嘛……」

怪物湯姆還在劈哩啪啦地燃燒著，牠被越燒越小、越燒越小，最後燒成了正常人的體型大小。

直到這時，湯姆身上的大火才逐漸熄滅，只剩嘴裡的一小搓火苗。

湯姆看起來像一坨融化的人形蠟像。

丹鹿觀望了片刻，正打算走上前去關心，榭汀卻拉住了他。

「等等……」

湯姆嘴裡的火苗忽然像朵盛開的花，從牠嘴裡不斷冒出，最後吞噬了整個身體，原地覆蓋出一片亮藍色的花海。

花瓣不斷往上飄浮，像螢火蟲一樣閃爍著微光。

「還滿浪漫的不是嗎？」柴郡笑嘻嘻地搖著尾巴。

「如果不是在燒怪物的話。」丹鹿好奇地伸手觸摸那些飄上來的花瓣。

花瓣摸起來是燙的，如同泡泡般一摸就散。

榭汀和丹鹿靜靜地看著滿室的螢藍花瓣飛舞，連絲蘭的恐怖地窖都變得沒這麼可怕了。丹鹿忍不住讚嘆起眼前的景象。

「好像很久沒這樣了……」榭汀喃喃地說。

「什麼？」

「這麼寧靜、沒有紛擾的時刻。」

「確實是，最近發生太多事了。」丹鹿有些失望地看著逐漸熄滅的藍焰。就像在看煙火一樣，絢爛美麗的事物永遠一閃而逝。

「但這麼平靜反而讓人不安，像暴風雨前的寧靜。」榭汀那雙貓瞳直直地盯著前方的花海。

丹鹿觀察著榭汀，伸手拍拍對方的背，像在拍貓屁股一樣。

「教士和男巫這個職業本來就有這樣的風險，總是會有更多的麻煩事發生，我們避免不了。」丹鹿對著榭汀微笑，「有任何麻煩我們都能一起解決，不過在那之前，偶爾喘口氣也不要緊。」

「你們獅派教士還真是天生樂觀。」榭汀拍了拍丹鹿的腦袋。

「沒辦法，你們男巫這麼悲觀，身為搭檔我總得在你們陷入負面情緒時把你們撐起來吧？」丹鹿插腰。

看著個頭小小，卻總是毫不遲疑地擔起各種責任的丹鹿，榭汀沒說半句話，只是又摸了摸對方的腦袋。

丹鹿還以為榭汀在戲弄他，他拉開榭汀放在他頭上的手，鄭重地說：「這也是做為一個……」

「戀人？伴侶？愛人？」

丹鹿又瞪了多嘴的柴郡一眼，柴郡搖搖尾巴，「沒辦法，氣氛很浪漫。」

「也是做為一個……」

丹鹿的話還沒說完，又再度被打斷。

「呃呃……呃呃……」一片藍焰花海裡傳出了微弱的呼喊聲。

一隻蒼白的手從花海伸了出來，虛弱地揮著。

榭汀往回走，沿途熄滅了只剩下點點火光的藍焰。

丹鹿沒有遲疑，立刻跟了上去。只剩柴郡一隻大貓留在原地，尾巴輕輕晃動著，瞇起一雙眼看著丹鹿的背影。

當榭汀走到地窖中央時，藍焰已經幾乎全數熄滅。丹鹿從他背後探出頭來，在被藍焰焚燒過後，那個原先披著巨大羊皮的怪物湯姆，已經燒去了可怕的外皮，露出了原本的面目。

原本的湯姆就只是個普通的青少年而已。

看著皮膚龜裂、骨瘦嶙峋，虛弱地躺在地上但生命跡象穩定的湯姆，丹鹿皺起眉頭。

「別擔心，把他和他父親一樣埋進土裡，種植個幾天，他會慢慢恢復健康的。」榭汀說。

「但他的手……」

湯姆的手指依然黏連成羊蹄狀。

「手可能就沒救了，那是巫毒留下來的後遺症，看來下咒的人是下定了決心，要讓他們帶著醜陋的烙印直到死去。」

「聽萊特說，這很可能是為了復仇。羊皮莊一直有著獵巫和剝取變形者皮膚的劣俗。」

「但就像我說過的，變形者沒有這個能耐。」

「你認識任何有這種能耐的可疑嫌犯嗎？」丹鹿隨口問問。

榭汀想了想，他點點頭，卻沒有給出明確的答案。他的手指一伸，湯姆身上瞬間長滿了綠色的嫩芽將他包裹住。

「走吧，該把這傢伙帶回辦公室種植了。我還要去看看朱諾的替代品狀況如何。」榭汀抬起頭看向柴郡，示意使魔將人帶走。

柴郡卻懶洋洋地半躺在原地不動，輕輕扭動著尾巴。

「柴郡？」

「父親……我餓了。」柴郡說。

榭汀愣了片刻，這才回過神來，「抱歉，最近太忙，都忘記餵你了。」

「不要緊，進食之前我還是可以先幫你把老鼠和人類丟回辦公室。」柴郡爬起來甩動身體，伸著懶腰走向丹鹿。

「等等！」丹鹿卻大聲喊停，「首先，進辦公室的門就在那裡，我可以自己走回去……再者，我就不能留下來等你餵食完之後再一起走嗎？」

榭汀沒說話，只是嘆了口氣。

「我勸你最好不要。」柴郡抖動著尾巴，還是走向了丹鹿。

「為什麼？」丹鹿皺眉，他看向榭汀，「每次餵食你都會把我支開，萊特和柯羅他們也從來都不提『餵食』使魔到底是怎麼回事，你有什麼事情在瞞著我嗎？」

看著一臉堅定地站在原地的丹鹿，榭汀知道這次沒辦法再用其他理由搪塞對方了。他對著匍匐在一旁，準備叼走丹鹿的柴郡搖了搖頭。

「榭汀，我說過，如果你有任何問題都應該要說出來，不然我怎麼知道要怎樣幫你分擔？」丹鹿像個老媽子一樣念個不停。

榭汀微笑。

「幹嘛笑成這樣？我很認真在跟你說話。」

「鹿，說真的，我希望你以後也能一直這樣念下去，就算我不理你了。」

「啥？你本來就都沒有在理我好不好，說這什麼……」

榭汀忽然把手放到丹鹿的肩上，打斷他的抱怨。

「我同意讓你看看柴郡進食是怎麼回事，但是約法三章，結束後你保證不能生氣、抓狂或出任何沒用的餿主意……因為我們和使魔的約定就是這樣，改變不了的。」榭汀對著丹鹿伸出小指。

丹鹿看著榭汀的小指，好像在看什麼陷阱一樣。「好吧，我答應你。」但他最後還是伸出了小指，和對方打勾約定。

「好吧。」榭汀也說，他放開手，接著看向柴郡。「來領取你的美酒佳餚，柴郡。」

柴郡晃了晃尾巴，牠又蹭過丹鹿身邊，然後消失在空氣中。

隨著柴郡的消失，眼前的景象忽然變了，兩道光芒閃現。

丹鹿揉揉眼睛，因為在其中一道光芒中，他看見自己正坐在飯店房間裡玩著撲克牌。

「景觀房很貴耶！大學長一定不會讓我報公帳的。」景象裡的自己不停哭哭啼啼地喊著。

「二十一點，我贏了，錢拿來。」榭汀也出現在景象之中，不疾不徐地翻著手中的撲克牌。

「沒錢了啦！」

「肉償囉。」

看到他氣急敗壞的模樣，景象裡的榭汀笑個不停。

就像在看紀錄片一樣，丹鹿記起那是他們在雪松鎮時發生的事。住在雪松鎮的那個晚上，他和榭汀在榭汀要求的景觀房裡幾乎不務正業了一整晚。

丹鹿不解地看著榭汀，另一道光芒裡則是截然不同的景象。

蘿絲瑪麗出現在裡頭，就坐在榭汀的辦公室裡喝茶。

「新來的教士裡有個像隻紅毛老鼠的小矮人。」蘿絲瑪麗對正忙著調製藥水的榭汀說。

「聽起來讓人不期不待。」榭汀表現得很冷漠。

「但是一千根骨針裡可是有七八成全黏到了你的雕像上，我的占卜認為你們很合拍。」蘿絲瑪麗又喝了口茶，「合拍到我懷疑骨針是不是搞錯目的了，以為它們是在幫我挑孫媳婦。」

「妳確定妳的占卜還準嗎？」榭汀停下動作，調侃對方。

「別擔心，絕對比我那蠢孫子的占卜還準。」蘿絲瑪麗難得露出了微笑。

景象裡的榭汀跟著笑了起來。

丹鹿從沒看過他們祖孫倆向對方這樣笑過，而裡頭的榭汀看起來都很開心。

「榭……」

景象之外的丹鹿正要說話，出現在兩幅景象之間的柴郡卻打斷了他。

「父親。」柴郡沒有像平時一樣嘻笑，牠輕輕搖著尾巴，穿梭在兩幅景象之中。「您可以選擇。」牠呼嚕呼嚕地低鳴著，姿態像危險的獵食者。

榭汀沒說話，只是低頭看了滿頭霧水的丹鹿一眼，最後他抬起臉，看向其中一幅景象。

像是得到了答案，柴郡伸伸懶腰，牠朝著蘿絲瑪麗走去……

CHAPTER 3

白獅之家

柯羅以為極鴉宅邸就已經夠大、夠奢華了，沒想到老是在他家蹭吃蹭喝蹭睡的萊特，那傢伙的家才是真正的富麗堂皇。

瞪著從屋頭到屋尾可能需要動用腳踏車的蕭伍德宅邸，柯羅不由分說就先給了萊特一拳。

可惜萊特每次都能閃過。

「你有這麼大的家還跑來我家白吃白喝是什麼意思！」

萊特張嘴，似乎想解釋，停頓了一秒後，轉頭又自顧自地說著：「我好久沒回來這裡了！」

「你是不是解釋不出來！是不是！」柯羅拳頭連發，無奈萊特根本是打地鼠機裡的地鼠，還是高速模式的那種。

「久是多久？」不理會吵吵鬧鬧的小男巫和小教士，絲蘭問。他隨手用手杖往大門上一敲，一層灰就雪崩式地滑落。

大門吱呀打開，宅邸深處安靜得像鬼屋一樣，就連萊特和柯羅都安靜了下來。

一行人盯著白獅家族的窩，直到萊特打破沉默，「有幾年了吧？」他邊說邊領著所有人走進屋裡。

「什麼意思？那你之前都住哪裡，街上嗎？」柯羅嘲諷地笑著，一邊想像著窩在紙箱裡的萊特，紙箱上還寫著「請領養我」……蠢死了，他如果路過絕對不會帶回家。

絕對不會。

應該不會……

「學校宿舍，或是在鹿學長家，總之很少回來。」萊特走在前頭，屋裡一片漆黑。

「但這裡未免也太荒廢了？」

絲蘭抬頭張望。他的蜘蛛們在屋子的角落裡玩得很愉快，大房子簡直就像牠們的蜘蛛網樂園。

「因為蕭伍德本家現在只剩我了，也不會有親戚來拜訪，基本上算是長年空屋。」萊特一臉稀鬆平常地說著。

柯羅頓了頓，他停下腳步看著萊特，直到萊特轉過頭來問他：「怎麼了？」

「沒事。」柯羅說。他輕彈手指，讓萊特前方的燈光全數亮起。

萊特沒有太在意，對柯羅笑了笑後一臉興奮地指著樓上，「想要先去看看我以前睡的房間嗎？」

「誰要看你的蠢房間啊。」柯羅將雙手插在口袋裡，一臉不耐煩。

絲蘭點點頭，「對，別忘了我們的目……」

「在哪？」但柯羅緊接著又說。

絲蘭瞪了柯羅一眼，柯羅回瞪他一眼，隨後就跟在蹦蹦跳跳的萊特身後一起跑上樓去了。

「喂！你們兩……」絲蘭的話還沒講完，萊特和柯羅就已經不見人影了。

絲蘭重重嘆氣，覺得自己像帶著兩個調皮孫子的老爺爺……這種感覺還真討厭。

還是女孩子好一點。

想麥子，想麥子，我們什麼時候回去找麥子？

蜘蛛們在絲蘭的肩膀上跳著，叫著。絲蘭只覺得自己好像不只帶了兩個孫子。

「蒐集資訊。」絲蘭將手杖往地上一敲，蜘蛛們立刻從他身上往下散開，爬向屋子的各個地方。

絲蘭則是拄著手杖緩慢前行，並且好好地觀察整座蕭伍德宅邸，試圖記住每個角落的細節。

這時他注意到了一面高高的牆，兩張相框掛分別掛在上頭，一男一女。幾隻蜘蛛跳了回來，牠們悄悄呢喃著：家族牆、葛瑞絲、露德……

絲蘭注視著相框裡面容嚴肅冷漠的女人和男人，他哼了一聲——萊特還真是沒一丁點像到這對夫妻的。

家族牆上的其他地方一片空蕩，但留有曾經掛著相框的痕跡。

羞恥者、逃避者……不該出現在家族牆上、拿下、拿下。蜘蛛們唱著，然後一一爬過那些曾經掛著相框的地方。

絲蘭繼續往前走著，蜘蛛們知道主人的目的地是哪裡，不斷替他指引著正確的方向，萊特卻不曉得帶著柯羅跑到哪裡去了。

小孩子就是小孩子，嘴上很勇敢地說著準備好面對真相了，但真的是如此嗎？

絲蘭搖搖頭，蜘蛛們領著他來到宅邸深處一道被鎖上的大門前。蜘蛛們溜進鑰匙孔，兩三下就解開了門鎖。

任務完成後，蜘蛛們替男巫打開了大門，蹦蹦跳跳地邀請他進入。

絲蘭走進房內，這個被鎖上的房間是間很雜亂的書房，到處堆滿了書本和雜物。

看來被鎖上之前也沒人試圖整理過。

絲蘭隨手拿起的書上積滿了灰塵，他拍掉灰塵，發現是本記載著關於女巫與使魔來源的書。

四下一看，書房裡放滿了各種關於女巫研究的書籍。

對女巫抱有如此高度興趣的教士，還真不難猜測是誰。絲蘭不屑地哼了聲，他來到書桌旁，蜘蛛們熱心地撢掉灰塵，拉開椅子邀請他坐下。

絲蘭坐在書桌前，他注意到桌上放著幾個相框，大部分都是那個獅派的前大主教和他的小孫子的合照。

雖然照片上積了厚厚的灰，但相片裡白髮蒼蒼的男人肩上坐著小萊特，笑得相當燦爛。

絲蘭的手指在桌上敲打著，看著相片中的哈洛．蕭伍德，他無法理解……這個看似和藹可親的男人，最後怎麼會走火入魔，淪落成漂浮在湖面上的腫脹浮屍，還被人戲稱為白衣泡芙主教？

當年，在丹德莉恩的異端審判後，絲蘭有好長一段的時間沉迷於提升自己的巫術和使用白鴉葉……

他幾乎沒有再搭理過哈洛和達莉亞，結果他們卻在他沉浸在白鴉葉的煙霧中時，接二連三地走了。

先是白衣泡芙主教事件，而後是大女巫事件……

那幾年到底發生了什麼事？絲蘭就和旁人一樣模糊不清，因為他連自己過著什麼樣的生活都不太有印象。

混沌了好幾年，等他真正能記清楚事情，可能是從卡麥兒出現後才開始……

咚的一聲，蜘蛛們不知從何處搬來了本厚重的書，放在了絲蘭面前。主人在沉思，蜘蛛們可沒閒著。

祕密！祕密！蜘蛛們在書上跳著叫著，一邊讓體型最小的蜘蛛堆疊成塔，再垂直降落進鑰匙孔，解開了書本上的鎖。

「好孩子們。」絲蘭摸摸蜘蛛們的腦袋。

烏鴉流氓、貓不聽話、蟾蜍愚笨。雖然老被嫌恐怖，但他的信使們恐怕是最聰明的信使了。

絲蘭舔了舔手指，翻開蜘蛛們丟過來的書，這才發現那是本日記——哈洛．蕭伍德的。

他翻了前面幾頁，期待能找到些什麼驚人的內幕，但日記的內容卻稀鬆平常……而且稀鬆平常到讓人有點火冒三丈。

哈洛花了無數篇幅紀錄自己今天吃了什麼、和女巫們聊了什麼、抱怨鷹派教士的古板、飛行女巫派的祕密食譜、絲蘭最近髮際線是不是變得有點高……

絲蘭差點徒手撕爛日記，被蜘蛛們阻止了。他神經質地摸了摸自己的髮際線，繼續閱讀。

然而後面的內容依舊沒什麼新意，有時候談談案件、有時候談談家庭、有時候又回到絲蘭的髮際線上……

絲蘭不懂，這麼垃圾的日記內容，為什麼還要特地上鎖？

後面的日記越寫越少，有時候就一句話帶過而已。絲蘭不耐煩地嘩啦啦翻過去，在某個日期後，這本日記似乎就被棄之不寫了。

將日記重重放下，絲蘭不敢相信自己竟然在這本爛日記上花了這麼多的時間，「真應該把這本日記燒掉！」他吼道。

蜘蛛們聞言，還真的搬來了火柴與火柴盒，牠們啪一聲點燃火苗就要燒書。

「喂！」絲蘭一喊，蜘蛛們嚇得散開來，燃燒的火柴在書本上跳躍了幾下。

絲蘭連忙撲滅火苗，卻發現原本空白的日記上多了幾行字。

昆　和丹德　恩走太近　　險

我　　注意他　　點

絲蘭張大眼，注意力全回來了。他讓蜘蛛們給他火柴，再度點燃火苗並且輕輕烤著那些空白的頁面。

這次文字清楚地浮現，出現了那兩個人的名字。

昆廷不該和丹德莉恩走太近，太危險了。

我應該要再多注意他們一點。

「那個老奸巨猾的王八蛋！」絲蘭張大眼。

原來日記裡並不真的完全是垃圾內容，某人只是狡猾地把一些更隱私的內容藏了起來。

重新振奮起精神，絲蘭用火柴小心翼翼地烤起了後面的頁數。

無奈日記又連續空白了好幾頁，彷彿很久沒被主人拿起來書寫一樣。就在絲蘭烤書烤到都開始懷疑自己的髮際線是不是又退後了幾釐米時，幾段話終於在多頁的空白後陸續浮現：

我對露德和葛瑞絲感到很歉疚，但這件事必須由整個蕭伍德家一起面對。

我們應當守密。

話題忽然跳躍到這裡，中間似乎略過很多祕密，但絲蘭知道他離最重要的那個祕密更近了。

萊特是個好名字，願他代表一線曙光。

出現了萊特的名字時，仔細烤書的絲蘭知道自己沒有白費工夫，而他也終於在接下來燒出了他渴求已久的線索。

——丹德莉恩想留給萊特的東西太特別了。

這就是了！看到丹德莉恩和萊特的名字同時出現，絲蘭知道他終於找到了他想要的答案。

然而才剛得意了沒有幾秒，接下來的日記內容卻讓他緊緊鎖起眉頭。

失去了母親，聚魔盒能關住那東西多久？

牠遲早會回去尋找牠的小主人。

達莉亞才剛生產而已。蝕、禨䄄中的孩子，以及丹德莉恩的死亡已經讓達莉亞身心俱疲，尋求達莉亞的協助只會把她逼上絕路。

瑞文又還只是個孩子，極鴉家沒人有多餘的心力充當那東西的容器。

時間緊迫，必須想想其他可行性。

備註：

應該正式研究巫族與使魔間的關係。

使魔進食對巫族造成的傷害究竟有多大？女巫的子宮與男巫的腹部是唯一能容納使魔的方式嗎？

要顧及的對象太多了。

絲蘭繼續用火烤著後面的書頁。

再度出現好幾頁的空白，但已經學到哈洛有多狡猾的絲蘭耐著性子慢慢地烤著每個角落。

他只是沒想到，接下來日記會浮現一個讓他相當訝異的名字。

邀請波菲斯共進晚餐，藉機討論到聚魔盒不夠耐用的缺點。

波菲斯卻提出了一個想法。

波菲斯。絲蘭用手指撫過這個名字，那是前任銜蛇男巫……也就是伊甸父親的名字。

當年哈洛和每位巫族的關係都不錯，但唯獨波菲斯不同，他們表面上的互動總是相敬如賓，私下的交集也少之又少。

銜蛇男巫波菲斯和鷹派教士的關係向來比較密切，他們嫌棄獅派教士不夠資格。

這樣的波菲斯卻曾經向哈洛提出一個想法？絲蘭繼續翻閱日記，後面的內容卻讓他面無血色。

波菲斯的聚魔盒實驗：

聚魔盒不堪長期使用，男巫的腹部窄小，女巫的子宮對使魔來說才是最佳的環境。

利用女巫的子宮、結合科學和銜蛇男巫的巫術，可以模擬出一個長久存放使魔的聚魔盒。如果使用大女巫的子宮，或許還能永久取代大女巫的存在。

絲蘭看著那逐漸被燒出來的草稿圖，子宮的形狀、鋼鐵、齒輪……他扶著額際，不可置信地看向照片裡的哈洛・蕭伍德。

所有人都聽過那個不能說的醜聞，前大女巫達莉亞的子宮被銜蛇男巫製成聚魔盒，打算供鷹派大主教使用。

但從來沒有人能證實，直到現在也沒人知道那個聚魔盒在哪裡。

然而，無論是否真實，這都應該是出現在哈洛死亡後的紛擾，哈洛卻早在日記裡就提到這件事……

即便只是想使用已逝的丹德莉恩的子宮做先行實驗，聚魔盒的實驗依舊殘忍又冷酷。

但這似乎是唯一可行的方法。

我該接受嗎？

妳地下有知會原諒我嗎？

昆廷會原諒我嗎？

「你和波菲斯到底都做了些什麼？哈洛．蕭伍德。」絲蘭喃喃著，他看向相片上和藹可親地抱著孫子的男人。

在達莉亞之前，實驗就已經在丹德莉恩身上進行過了嗎？

白懷塔內——

伊甸坐在父親建造的密室內，仔細地翻閱著手中厚重的書籍。那是父親遺留下的手寫書，記載著他生前的心血。

整間密安靜無聲，只剩翻頁的聲音。

伊甸看著上頭精緻繪製的的子宮圖案、鋼鐵以及齒輪，還有先行實驗的結果，他微微擰起眉頭。

腹部內忽然傳來響尾蛇搖尾般的沙沙聲響，打斷了他的思緒。

伊甸波瀾不驚，他明白腹內的使魔肚子餓了，準備爬出來要他兌現美酒與佳餚的承諾。

伊甸無所謂般地繼續翻著書，反正他的使魔高傲自大，進食時從不先過問他的意願。他平靜地說著：「出來享用你的美酒與佳餚吧，偉大的利維坦。」

原本燈光昏黃的密室瞬間變得一片明亮，伊甸像身處在一間純白色的房間內，密室內所有的東西都消失了，只剩書桌、伊甸以及……**伊甸**。

「你認為這麼做對嗎？」另一個**伊甸**出現在書桌對面。

伊甸翻閱著手中的書籍，沒有理會另一個自己。

「剝削同族的身體、利用同族的器官去製作巫器，這是人做的事情嗎？」另一個自己又問。

伊甸終於抬起頭來，另一個自己和他長得一模一樣，連動作都如出一轍。他彷彿在照鏡子，鏡子裡的那個自己卻更鮮活，更有情感。

「我們是男巫，我們不是普通人。」

「別忘記約書說過，男巫也是普通人，只是更厲害一點。」

「我所做的一切都是為了家族榮耀。」

「但這真的是榮耀的事情嗎？或許你真的能在教廷獲得名聲吧，但你確定約書會為這件事而感到驕傲？」對面那個伊甸搖著頭，眼神平靜地看著他，「約書不會贊成這件事，他是個有同理心的人，他一定會認為這件事很殘忍、很不公平，你明白這點。」

「我明白。」伊甸回答。

「你喜歡約書也是因為這些原因，他和其他鷹派教士不一樣。和他站在一起，你可以保有自我，你也可以當個真誠、有同理心的人。」

「這點我也明白。」

「但為了家族的榮耀，你正在背離你的朋友、背離你自己，約書會很失望的。」

伊甸卻不以為然，他看著對面的自己。

「我相信他最後會理解我的苦心。」

「你確定？你確定他會理解你的苦心？」

兩個伊甸沉默，直到對面那個伊甸開口：「別這麼做，伊甸。」

「我別無選擇，你就是我，你很清楚。」伊甸對著自己，自言自語。

「父親犯過這麼多錯，別依循著他走過的道路前進。」

「家族的榮耀至上，取消極鴉家的大女巫制度，讓銜蛇家成為巫族的領導者，這是家族的目標……他沒有完成的路，我必須替他走完。」

「你堅信約書成為大主教，你成為巫族的領導者會為整個靈郡帶來不同的新氣圍。」

「我堅信約書成為大主教，我成為巫族的領導者會為整個靈郡帶來不同的新氛圍。」

「就算不擇手段？」

「就算不擇手段。」

語畢，伊甸等待著自己的辯駁，書桌對面的伊甸卻只是對著他微笑。

沙啦——沙啦——

伴隨著響尾蛇搖尾的古怪聲音響起，伊甸在書桌對面的自己背後看到了巨大的蛇尾。

那個全身如大理石般蒼白厚實的巨大身軀逐漸浮出地面，牠頭上纏繞成髮的毒蛇們惡毒地吐著蛇信。

被偉大的利維坦的陰影包圍住的伊甸不為所動，他依然一臉平靜、溫和地望著自己。

「你知道如果看到這幕，約書會開你什麼玩笑吧？」

那個伊甸姿態輕鬆地勾起嘴角，他身後，利維坦髮梢上的一隻蛇以迅雷不及掩耳的速度咬住了他的頸子。

「我知道……」伊甸看著對面的自己。

越來越多的蛇咬住他，爬上他的身軀，緊緊纏繞著他。

伊甸看著自己被蛇群吞沒，悠悠地說了句：「八成會說我是良心被蛇咬了。」

書桌對面的伊甸在被完全吞沒之前發出了笑聲，他的金框眼鏡被扭斷，粉碎，最後只留下空氣。

蛇群饜足地爬回了利維坦身上。

伊甸抬頭看著偉大的利維坦，利維坦梳攏自己的一頭蛇髮，牠對著伊甸輕輕點頭，彷彿很滿意他獻出的美酒與佳餚。

伊甸也微微頷首示意。

密室內的燈光再度暗下，利維坦化作一條巨蛇，緩慢地沿著地板一路爬行到伊甸腿上，最後消失不見。

密室恢復成原本的模樣，伊甸沉默不語地看著書桌對面。那裡空蕩蕩的，什麼人也沒有，直直望過去，只有掛在牆上，前任銜蛇男巫波菲斯的肖像畫。

結合科學技藝和銜蛇家的巫術，我們可以創造出奇蹟。

銜蛇家是與眾不同的，記住這點。

別讓任何事情阻礙你，伊甸。

注視著肖像畫，想起父親過去和自己說過的話，伊甸像什麼事都沒發生過般，低頭繼續翻著手中的書本——波菲斯的聚魔盒實驗手稿。

這份手稿伊甸已經翻閱過無數次，對於裡面的製作方法和流程也都倒背如流。他的技藝和巫力比父親還強大，他經手過的任何巫器都遠比他的父親更加精良。

然而唯獨區區一個聚魔盒，伊甸始終無法製造出永久且堪用的聚魔盒。

伊甸做過許多次實驗，他用過各種動物的子宮來製成聚魔盒，但每一次製作出來的水準都不夠好。

現階段唯一能維持聚魔盒使用期限的材料，只有人類的子宮而已……不過很可惜，人類終究不是女巫。

就如同當年試圖邀請使魔進入他腹部的前大主教哈洛・蕭伍德，最終使魔仍然只承認女巫的子宮才是最適合安居的巢穴。

無論技術有多精湛、巫力有多成熟，聚魔盒最終都會失敗在材料上。人類的子宮是唯一比較好的材料，卻不是長久之計，因為摘取普通女性子宮的結紮行為並不是鷹派所推崇的事。

即便伊甸一直以來使用的材料都是出於自願者或新鮮屍體，但他們不可能永無止境地摘取女性的子宮大量製造聚魔盒。

那些因為聚魔盒損毀而跑出來的使魔，最後只有一個去處——大女巫的子宮。

這也是百年以來，每代總會誕出一名繼承著強大巫力的女巫的極鴉家，能始終擔任著全體巫族首領的原因。

但那是舊時代的傳統，一切都應該改變了。

要像父親一樣做出真正堪用的聚魔盒，伊甸現在就只差材料而已。

伊甸闔上書本，銀色的小蛇糾纏在一起，層層堆疊，將手稿牢牢上鎖。

盯著手裡的書本，即便已經閱讀過這麼多次，伊甸唯獨有一件事依然不明白。父親的手稿裡記載的內容是先行實驗，那表示在對達莉亞進行聚魔盒的實驗之前，父親還有個成功的實驗對象。

但父親在手稿裡從未提過這個對象是哪名女巫，而製作出來的、所謂第一個成功的聚魔盒也不知道在哪裡，連是否存在都是個未知數。

這件事，包含勞倫斯在內的鷹派教士們都不知道，他們還以為當年的達莉亞才是第一個實驗成功的對象。

但並非如此，父親藏著一些不讓任何人知道的祕密，連自己的孩子都是。

有兩個使用女巫子宮製成的聚魔盒存在，兩個都不知道在哪裡。

「你到底做了什麼，父親？」伊甸看著波菲斯的肖像畫。

一條烏洛波羅斯在這時爬進了密室，在伊甸腳邊纏繞。

伊甸拍拍烏洛波羅斯的腦袋，他抱著手稿起身，快步步出密室。很快地，他在轉角迎面碰上正在找他的約書。

「你到底都跑到哪裡去了？」約書一副終於找到失蹤了三十年的兄弟的模樣，只是從外人眼裡看起來依舊是面無表情。

約書將瀏海往上梳，髮型嚴肅而正式，和他的父親勞倫斯十分相似。

「只留我一個人去應付那些古板的老鷹派，你覺得合理嗎？是不是朋友啊？」約書抱怨著。

「抱歉，我只是想在離開白懷塔前去看看我父親留在這裡的遺產。」伊甸輕描淡寫。

「那本東西嗎？」約書好奇地問，「是什麼書？借我看看。」

「不。」伊甸護住書本，這舉動反倒引來了約書的疑惑。

「我不能看嗎？很重要的東西？」

「這只是……父親的日記本而已，內容沒什麼重要的，但我勸你不要碰。」

「為什麼？」

「看到上面的小銀蛇了嗎？銜蛇家以外的人一旦碰了這本書，都會被牠咬上一口。」

「咬了會怎樣？」約書靠近的時候，那條小銀蛇還真的在蠢蠢欲動。

「也沒什麼大不了的，癱瘓、失禁或七孔流血死亡而已。」

約書乖乖地把手收了回去。

「是什麼不可告人的祕密才要這樣防範？」約書瞇起眼睛，卻沒有繼續咄咄逼人。

約書全心全意地相信著自己的搭檔，你呢？伊甸的心裡冒出了自己的聲音。

「你猜猜。」

「銜蛇家的人有雄性禿的基因？」約書說，他逗樂了伊甸。

「你在這裡的事情都處理好了嗎？」伊甸拍了拍約書的背，父親手稿的事被拋諸腦後，他和約書並肩地走在白懷塔的長廊上。

「多虧你的陪伴喔，我自己一個人全部處理好了。」約書語帶諷刺地說。

「那麼我們也該回黑萊塔去了吧？別忘了我們還有案件要查。」伊甸說。

「對，除了案件之外還有萊特的事情要搞清楚……」約書沉重地嘆了口氣，撥亂向後梳起的頭髮。「和大主教及大女巫打過招呼之後，我們就立刻回去。」

「不知道黑萊塔裡的那群傢伙有沒有安安分分的？」

「沒有拆掉天花板就不錯了……」

CHAPTER

4

回憶

丹鹿看著柴郡走進「幻象」之中，雖然他不確定那究竟是不是幻象。出現在幻象裡的自己和榭汀所經歷的，是真實發生過的事情，那麼想必同樣出現在幻象裡的蘿絲瑪麗和榭汀所經歷的，也是真實發生過的事情。

榭汀站在丹鹿身旁，他只是靜靜地望著眼前的一切，一句話也沒說。丹鹿陪著他，也沒說半句話。

自己和榭汀在景觀房的幻象，在柴郡選擇走入蘿絲瑪麗與榭汀的幻象之後，便消失在空氣之中。

丹鹿看著柴郡在祖孫倆身邊繞圈。

「瓦倫汀家的教士個性是雞婆又囉嗦了點，不過大致上都是不錯的人。」蘿絲瑪麗喝著她的茶。

「對妳的占卜就這麼有自信？」幻象裡的榭汀問。

「相信我，那孩子小小隻的，但看起來很結實，你會喜歡那孩子的。」蘿絲瑪麗說。

丹鹿不知道蘿絲瑪麗竟然曾經這麼為他背書過，畢竟她對他總是一副愛理不理的模樣，沒事又喜歡戲弄他。

「我會喜歡？聽起來像是妳在喜歡。」

「哼，蠢孩子，你到時候就不要太喜歡人家……」

蘿絲瑪麗的話音剛落，一直匍匐在她身後的柴郡忽然撲向前，將蘿絲瑪麗整個人撲進懷裡撕咬著。

並沒有什麼血肉模糊的畫面，蘿絲瑪麗的身影只是變得模糊，像坨棉花糖一樣，逐漸被柴郡吞吃入腹。

幻象裡的榭汀看著這一切，他的面容平靜而安穩，彷彿這一切與他無關。

將蘿絲瑪麗吞入腹中之後，柴郡津津有味地舔著嘴和爪子，牠用腳掌洗了洗臉，緩慢地走回榭汀身邊。

丹鹿說不出話，他看著幻象在眼前消失，而幻象裡的榭汀在消失前的眼神是這麼的冷漠，失去了蘿絲瑪麗也不在乎。

柴郡蹭到榭汀身邊，用頭頂了頂對方的手掌要求撫摸。牠抬眼對上丹鹿的視線時，眼神彷彿在說：看吧，早跟你說過不要看了。

丹鹿沉默地跟在榭汀身後，走出被藤蔓纏起的鐵門外，半句話都沒說。

一直到柴郡把湯姆叼出來，一行人從絲蘭的恐怖地窖回到了榭汀的辦公室溫室，他才開口說話。鐵門碰一聲關上並消失的同時，丹鹿問：「柴郡吃掉的究竟是什麼？」

榭汀指揮著柴郡去替他將湯姆埋起來，待柴郡走後，他才對著丹鹿說道：「巫族和使魔間的關係並不是純粹的主與奴，更像是契約關係。」

丹鹿滿臉凝重，仔細聽著榭汀說話。

「使魔提供我們服務，我們則提供使魔棲息的巢穴以及食物；對於食物的喜好，通常依照著使魔不同也不盡相同，但大致上都與巫族的精神、性格和記憶有關。」榭汀說。

「那柴郡吃掉的是？」

「柴郡吃掉的，是我對於一個人的情感和喜愛。」

「情感和喜愛？字面上的意思？」

「對，字面上的意思。」榭汀微笑，「柴郡可以挑選我記憶裡和任何人相處的每一刻，當我對於任何人出現了喜愛和好感的那一瞬間，牠可以吃掉這種感覺，這就是牠的糧食來源。」

「而牠剛剛吃掉的就是……」

「沒錯，就是我對蘿絲瑪麗的情感。」

聞言，丹鹿一時間竟然一句話也說不出來。這說明了為什麼榭汀和蘿絲瑪麗祖孫倆互動時總是這麼冷淡，他原本還以為這只是暹貓家的相處模式。

一陣沉默後，丹鹿又問：「目前只有對蘿絲瑪麗的情感嗎？」

榭汀搖搖頭，老實說：「還有對柯羅、我的母親，一點點對萊特的……可惜對萊特的份量連塞柴郡的牙縫都不夠。」

榭汀開著玩笑，想逗樂丹鹿，丹鹿卻滿臉憂傷，他問：「柴郡吃掉這些情感之後呢？你會……討厭這些人嗎？」

「不，不會討厭，連討厭的情感也沒有。」榭汀想了想，「真要說的話，就是沒感覺了。無論這個人身上發生了任何事，對我來說都不重要，我不會有任何情感波動。」

「可是這太……這太讓人難過了。」

「不會難過，因為我沒有感覺。」

丹鹿張嘴，欲言又止，他的腦海裡跑過一千個可以制止或改變這種進食方式的想法，但榭汀說過，這是改變不了的事情。

「不過柴郡是個乖孩子，牠通常會讓我選擇我要先捨棄對誰的情感，讓我有點心理準備。」似乎是不想讓丹鹿太難過，榭汀補充說明。

「我也在裡面，這表示哪天你對我的情感也會被吃掉嗎？」丹鹿問。

榭汀沒有說話，等同於默認。

「這就是為什麼你老愛說什麼等以後你不理我了，希望我還能繼續對你碎碎念的原因？」

榭汀點點頭，他等待著丹鹿的反應。原本以為可能會迎來一陣憤怒、抱怨或不諒解，但丹鹿只是站在那裡扁起嘴，漲紅一張皺在一起的臉。

「如、如哪天你對我的情感被吃掉了……對所有人的情感都被吃掉了，跟、跟誰都不來往……」丹鹿邊說著，眼淚鼻涕邊掉下來，「你不是會變得很……孤、孤單嗎？」

沒料到是這種反應，榭汀笑出聲來，「怎麼這時候還在幫我著想，你的上一任教士可是火大到不行，覺得花費在我身上的心力都白費了。」

「你和蘿絲瑪麗原本、原本明明可以感情不錯的，但你們卻、卻……」丹鹿完全沒在聽他說話，哭得像剛剛弄倒冰淇淋的五歲小孩。

榭汀一臉沒輒地看著丹鹿，他並沒有太多的感覺，丹鹿卻比他這個當事人還要傷心。

比其他人都更加感情充沛、更具有同理心……榭汀輕嘆一聲，蘿絲瑪麗的占卜從未失誤過。

「沒有情感，所以不會受傷，這件事沒這麼嚴……」

榭汀正要安慰丹鹿，哭得一把鼻涕一把眼淚的丹鹿卻忽然張開雙手抱了上來。

榭汀愣住，丹鹿像抱著個可憐的迷途小孩一樣緊緊抱著他。

看著丹鹿把鼻涕眼淚擦到自己的西裝上，榭汀沒有發火，他任對方抱著自己，拍了拍他的腦袋。

「謝謝你。」榭汀說。

「謝什麼？」丹鹿抬起頭，鼻水還沾在榭汀的領帶上。

「很多事情。」榭汀將手帕遞給丹鹿。

「這本來就是督導教士的義務。」丹鹿不客氣地接過手帕，大擤特擤眼淚鼻水，繼續說：「身為你的督導教士，最大的責任就是要關心你的……」

「身體健康和精神狀況。我知道，你像老爺爺一樣念過很多次了。」榭汀微笑。

「我才沒有像老爺爺一樣！」

「你就有。」

「你不滿意就忍耐著，我會一直念到我真的變成老爺爺。」稍微緩過情緒，丹鹿故意把沾滿眼淚鼻水的手帕還給榭汀，理所當然地被貓先生嚴正拒絕。

兩人相視而笑，丹鹿還是忍不住執拗地提議：「但我們還是能想辦法解決這個糧食危機的問題吧？」

「我不是說了，不要雞婆提議。」

「但是……」丹鹿的話說到一半，忽然整個人震了一下。

「怎麼了？」看著丹鹿震驚的臉，榭汀一臉困惑。

「喂！這個玩笑不好笑喔，我不是說過未經同意，不能隨便把手放在別人的私密部位上。」

「你在講什麼？」榭汀舉著兩隻手。

只見丹鹿的臉色一白，「如果你的手在這裡，那是誰的手抓著我的……」

他往後一看，一雙極其蒼白的手出現在他的身後。

一個披頭散髮、全身纏著藤蔓的恐怖東西正抓著丹鹿的腰和腿，像個從地獄爬出來的惡鬼。

不知道該喊見鬼了還是非禮，丹鹿尖叫著抱住榭汀往後退開。

那坨纏滿藤蔓的東西再度倒地，它紅色的長髮鋪散在地上，和泥土枯葉混在一起。

「看來已經差不多了，比我想像的還快。」榭汀喃喃著，把掛在身上的丹鹿放下來。

「那是什麼東西？」丹鹿看著榭汀接近地上的那坨東西，他一臉緊張，就像看到貓咪在玩蟑螂一樣。

「我們的替代品。」榭汀說。他蹲在地上，輕輕拉開那坨東西身上的藤蔓。

藤蔓散開後，底下的東西漸漸露了出來。

蒼白無血色、全身赤裸的男人癱在地上。它看起來就像用大理石雕刻出來的人像，栩栩如生，卻又相當不真實。

「那是……朱諾？」丹鹿總算敢靠近一探究竟了。

「對，朱諾的肉體。」榭汀說。

朱諾的肉體在地上掙扎著，像初生的幼鹿般，不停地爬向丹鹿，但被榭汀拉住了頭髮。

「可以踹嗎？」丹鹿嫌惡地盯著那團東西。

「雖然很想開放讓你亂踹，但是如果踹壞了我們就得重新種一個。」榭汀說。

「可惜……」空氣中發出柴郡的嬉笑聲，使魔不知道什麼時候回來了。

「這樣是我們可以開始進行分靈手術的意思？」丹鹿問。

「是的，比我預想的順利。」榭汀看了眼手表，「現在就只差把人湊成一對了……」

話音剛落，溫室外頭傳來了聲響。

丹鹿和榭汀轉頭望向同個地方，溫室門口，小仙女卡麥兒一路抓著某人的腳，把他拖進了溫室。

「學姐！」丹鹿喊道。

「我幫你們把人帶回來了。」卡麥兒燦爛一笑，沒注意到腳下的臺階，拖著的人腦袋在上面狠狠地叩了兩下。

卡麥兒愣了愣，看著下方因為她的不小心而腦部遭受重擊的紅髮男巫……

她聳聳肩，繼續把人拖到榭汀和丹鹿他們腳邊。

地上，昏迷中的針蠍男巫賽勒和他的替代品兄弟上下顛倒地躺在一起。

榭汀、丹鹿和卡麥兒三人插著腰，齊齊低頭看著地上的針蠍男巫們。

「材料到齊，看來等賽勒醒來我們就可以開始進行手術了。」榭汀說。

「不用等萊特他們嗎？」丹鹿問。

「問題是他們人呢？」榭汀問。

丹鹿和卡麥兒面面相覷，沒人知道。

「絲蘭先生也不見很久了。」卡麥兒說。

這時他們腳邊的人發出了哀號，賽勒看起來正從天堂露水的藥效中清醒，他抱著腦袋叫了幾聲，嘴裡還在喃喃著：「手術……」

榭汀用皮鞋踹了意識模糊的賽勒幾腳。

「幹嘛？踹他又不會壞。」看著丹鹿和卡麥兒的眼神，榭汀毫無悔意。

「只要沒人打擾，不需要他們我也可以進行手術。所以如果萊特他們再不回來，我就自己進行了。」

「好吧，我負責去看看他們回來了沒。」卡麥兒主動提議。

「麻煩學姐了，能順便看看格雷和威廉回來了沒嗎？」丹鹿說。這兩個才是真正消失了很久的傢伙，蹺班也不是這樣蹺的吧！

「收到！」卡麥兒行了個舉手禮後離開，留下榭汀、丹鹿和地上的針蠍們。

「不務正業的傢伙們，看來黑萊塔只剩我們三個在顧了。」榭汀嘆了口氣，一邊指揮著柴郡將針蠍們扛到手術臺上做準備，轉頭卻注意到丹鹿正盯著他看。

「怎麼了？」

「柴郡不用回去嗎？」

「不用，我慢慢抓到放養牠在外面的訣竅了。」榭汀說，他看上去很從容。

「你這樣看起來真像蘿絲瑪麗。」丹鹿笑了笑。

「因為我將會繼承暹貓這個頭銜。」榭汀說。

丹鹿歪了歪腦袋，還沒能說什麼，榭汀便拍拍手掌道：「好，我們要開始進行手術準備的工作了，你準備好了嗎？小護士。」

「小……算了。」丹鹿搖搖頭，如果要和榭汀耗一輩子，他也只能認命地上前幫忙。

柯羅伸手揮掉空氣中的灰塵，他四處走動，抬頭觀望教士幼年時期的房間。

萊特的房間在閣樓裡，裝飾很簡潔乾淨，裡頭的雜物不多，唯獨一面牆櫃上放滿了各種與巫族有關的收藏品和剪報。

隨手翻了幾本剪報，看到母親達莉亞的照片旁邊還黏了亮粉愛心，柯羅瞇起眼。變態女巫小達人還真是從小就養成的習慣。

「真讓人懷念。」萊特從書架上抱了本厚重的相冊下來，他翻著相冊，坐到自己的小床上。

柯羅跟著坐到旁邊，一些塵埃飄了起來，但不礙事。

「看看我小時候多可愛。」萊特洋洋得意地指著相冊上的相片。

「你這人臉皮根本厚到跟防彈水泥一樣……」柯羅一臉嫌惡地看過去，防彈水泥本體小時候是還滿可愛的沒錯。

小時候的萊特白白胖胖的，牽著爺爺的手一臉開心，還在流口水。

長大怎麼就變成一隻變態獨角獸了？柯羅又看了看萊特。

「這是我爺爺、這是我的父親和母親……」萊特指著相片上的人一一介紹。

柯羅看著相片中嚴肅的男人和女人，不經意地說了句：「你和你爸媽還真是一點也不像。」

話甫出口，柯羅就後悔了。

萊特沉默地看著照片，不知道在想什麼。

柯羅咳了兩聲，清清喉嚨，「抱歉，我不是故意的……」

「不，沒關係，我們確實很不像。」萊特說，他盯著照片中站在一起的兩人。他們拍照時的表情總是很嚴肅。「你也知道我們蕭伍德家的人個性特別活潑。」

用活潑來形容可能還太簡單了點。柯羅心想。

「但我父親露德是比較不一樣的那個蕭伍德，他的個性嚴謹又保守，是位穩重的教士，和我的母親很像。」

或許正是因為個性相似，最後他們才會互相吸引，走到了一起。萊特一直是這麼認為的。

可惜他對於父母之間的故事認識不深，因為他們從不和他聊這些事情……或其他事情。

「他們現在都……不在了？」柯羅輕聲詢問。

「對，父親是在爺爺去世後不久走的，母親則是前幾年走的。」

「發生了什麼事？」

柯羅的問題讓萊特頓了頓，回想起那幾年的事情，他垂著眼陷入回憶。

早期，在萊特還小的時候，他和忙碌的父母關係雖然冷淡，倒也是相敬如賓。

即使和葛瑞絲相處的時間大多都是在讀他不喜歡的鷹派教義，或是無趣的祝禱，萊特依然相當珍惜能和她待在一起的時間。

只要葛瑞絲願意替他做份淋滿楓糖的鬆餅和加入蜂蜜的特調牛奶，他就很滿足了。

對於父親也是如此。

萊特和露德雖然不常說話，但露德偶爾的一句問候就夠萊特開心一整天了。

小時候的萊特總是認為，等自己長得更大點，表現得更優秀、更獨立一些之後，或許父母就會願意花更多時間注意他。

只是事與願違，在那件改變蕭伍德家在整個教廷中地位的醜聞發生之後，一切都改變了。

萊特最喜歡、和他最親近的爺爺，獅派大主教哈洛．蕭伍德在失蹤了七天後，被人在湖裡找到，而且已經成了一坨難以辨別面目，看起來像顆浮腫泡芙的屍體。

沒人知道哈洛．蕭伍德為什麼做出這件事，連和他最親近的萊特都不知道為什麼。

原本對女巫過於友善、作風隨興的大主教哈洛就相當具爭議性了，蕭伍德家在發生這了這種醜聞之後，更是承受了不少來自保守派的難聽罵名。

走火入魔的蕭伍德家、與女巫勾結的蕭伍德家——

詆毀的話語和陰謀論很輕易地就把這個百年大家族拆散得支離破碎。

在那之後，沒有任何蕭伍德願意和本家的蕭伍德扯上關係。蕭伍德家被親戚們孤立，被教廷唾棄，被拉下了教廷的神壇。

而本來就很重視家庭名譽的父親露德更在那之後變得鬱鬱寡歡，但他從沒對外公開表達過任何意見、或對父親的行為做出任何解釋。

沒過多久，露德便抑鬱而終，年幼的萊特卻沒能在父親走之前見上最後一面。

父親說他不想見他，沒有說明原因。當時的萊特不清楚為什麼，也不知道自己做錯了什麼。

而父親死後，葛瑞絲對萊特也變得更加冷漠，她甚至不願意和他坐下來多說上一句話。

萊特沒想到，在他長得更大，表現得更優秀、更獨立一些之後，他並沒有得到父母親更多的關心與注意，反而和父母親距離得更遠了。

一直到這麼久之後的現在，萊特還是不確定自己究竟做錯了什麼。

「葛瑞絲在後來的那幾年精神也變得很差，她幾乎整天都一個人待在家禱告，對外避不見面。」萊特和柯羅說著過往的種種，「對我也是，她不喜歡我回家。」

「為什麼？」柯羅皺眉。

「我不知道……也許當時她認為這些不幸是我的錯？」

萊特還記得最後幾次回家探望日漸憔悴的母親時，葛瑞絲非常生氣。

如果不是你和那個男人，這一切就不會發生。女人手裡握著鷹頭雕像躺在病床上，她的眼神是這麼冷漠且空洞。

那不是母親看著孩子的眼神。

萊特沉思。他當時不知道為什麼母親要那樣看他，但有沒有可能……他現在已經知道答案了呢？

「你那時還只是個孩子，這些不幸跟你一點關係也沒有。」柯羅對著萊特說，又像是在對自己說。

「不要緊的，那都是過去的事了。」萊特搖搖頭，「後來葛瑞絲也走了，蕭伍德家就只剩下我一個人。」他垂下眼，一度又陷入沉思，直到他注意到房間內的光影開始隨著他的情緒焦慮地忽明忽亮。

柯羅在旁邊欲言又止了好半天，才乾巴巴地調侃道：「所以這就是你為什麼要去我家蹭吃蹭喝的原因？你是不是怕一個人回來這間大房子睡會遇到鬼啊？是不是？」

空氣一陣靜默，萊特看著柯羅，直到忍不住笑出聲來。

「笑屁笑啊！」

柯羅實在是很不會安慰人，這可能是他費盡千辛萬苦才想到的安慰方式。

「是啊！我超怕遇到鬼的，還好我現在有個新家和每天歡迎我回家、又會幫我把鬼嚇跑的新室友了。」萊特又恢復了笑嘻嘻的常態。

「嗯！我才沒有每天歡迎你回家。」柯羅雙手環胸，一臉嫌惡。

「是、是，當然。」萊特沒有反駁，他繼續翻著相冊，直到一張照片滑了出來。

柯羅的影子從地上撿起照片，將照片交給他。柯羅看著照片裡年輕英俊的白衣教士，他有著一雙大海般湛藍的眼睛，神韻和某人非常相似。

「這誰？」柯羅問，他的視線在照片和萊特臉上來回打量。

萊特看了眼照片，有些遲疑。

「他是不是就是……」柯羅想起了在丹鹿幼時記憶中一直被提起的那個名字。

萊特點點頭。

「就是昆廷叔叔，昆廷．蕭伍德。」

「很有可能才是你真正父親的那個傢伙？」

士。

萊特不語，他看著照片裡和父親長相相似、和自己也異常神似的白衣教

忽然，床邊傳來巨響。

萊特和柯羅猛地抬頭，房間的窗戶不知道何時被打開來，而紫髮紳士正艱難地從床旁的小窗裡爬進來，挾帶著大量正在掉落的書本。

「我不是跟你們說了我們是來辦正事的嗎？為什麼又偷偷躲在小房間裡講話？你們這兩個白痴！」

CHAPTER 5

昆廷・蕭伍德

書本像瀑布般不斷往下墜落，卡在小窗戶上的紫髮紳士花了一段時間才成功爬下窗臺。

絲蘭用力關上窗，好一會才緩過氣來。他瞪著跑到小房間偷懶的教士和男巫。

沒想到柯羅竟然還指著絲蘭哈哈大笑，「白痴死了，你不會走大門進來嗎？」

絲蘭頓了頓，暗自嘖聲——可惡，他還真沒想過這個選項。

「你從剛剛開始都跑到哪裡去了？」柯羅還惡人先告狀，絲蘭都要動殺意了。

「這個問題是我要問的！你是不是忘記我們來這裡的目的了？」

絲蘭看著擠在小床上愣愣地看著他的兩個小毛頭，很顯然他們是真的忘記了。他只能搖頭嘆息，「我剛剛在哈洛的書房。」

「爺爺的書房？那裡被鎖住好久了，鑰匙都不知道被藏在哪裡，你是怎麼……」

「噓！先聽我把話說完！」雖然很對不起丹德莉恩，但有時候絲蘭真想把她兒子的嘴用蜘蛛網封起來。「我怎麼打開那個房間不重要，重要的是我在你爺爺的房間裡找到的東西。」

萊特抬起頭來，小心翼翼地問：「絲蘭先生你……找到了什麼？」

絲蘭抱著手中的日記本，默不作聲地看了眼萊特身旁的柯羅。

一瞬間，絲蘭遲疑了，因為他找到的不只是有關萊特父母的線索而已，他還找到了太多被隱藏起來的祕密。

接下來他們要談論的事情，牽扯到可能的不只蕭伍德家，還包括了極鴉家、銜蛇家以及整個教廷。

這些祕密一旦被更多人知道，之後會發生什麼事無人知曉。

「喂，這傢伙都不回話，不會是老人痴呆了吧？」柯羅靠在萊特耳邊問。

「絲蘭先生？」

只是，女巫的孩子們難道不該知道這些事嗎？絲蘭思索著，同時注意到了柯羅手中的照片。

就在這時，幾隻跟著萊特他們在房間裡躲藏已久的蜘蛛悄悄落了下來，他們在絲蘭耳邊竊竊私語。

看照片、照片！

父親、父親。

他們在說你不知道的祕密。

照片？絲蘭三步併作兩步，上前抽走了那張照片。

「喂！」

不顧柯羅的抗議，絲蘭試圖看清照片中的男人，但男人的面容在他眼裡卻模糊不清，像團稀爛的麵糊，只剩那對湛藍的眼眸還能辨識。

男人的臉曾經被亞拉妮克吃掉，而唯一記得男人長相的，只有他的蜘蛛們。

軟弱又無能的逃避者、討厭鬼、偷走丹德莉恩的男人……

蜘蛛們在絲蘭肩膀上跳著叫著，喊著那個人的名字：昆廷、昆廷．蕭伍德！

絲蘭看向一頭霧水的萊特，他將照片塞進萊特手中，「你跟這傢伙熟嗎？」

「昆廷叔叔？呃……不熟，我和叔叔沒見過幾次面，但印象中他是個和善的人。」萊特說。

「除此之外呢？」

「除此之外，我只知道叔叔很久以前就離開家了，後來就一個人在外面生活……怎麼了嗎？絲蘭先生。」

絲蘭問：「那為什麼蜘蛛們告訴我，柯羅說他可能就是你的父親，你們到底知道些什麼？」

「該死的臭蜘蛛！又偷聽我們說話！」柯羅作勢拍打床邊的蜘蛛，蜘蛛們一哄而散。

「我們從來沒談過父親是誰，對吧？但你們卻知道這件事情……」絲蘭說，他回想起他們先前的對話，「這是不是和賽勒有關？」

萊特和柯羅對看了一眼，眼看著瞞不住絲蘭了，他們才將如何從丹鹿的回憶中得知這項訊息的過程一五一十地告訴對方。

絲蘭越聽臉色越青，他一臉不可置信地按住腦袋。

「你們這兩個蠢蛋，這麼大的事情沒有早點告訴我，賽勒卻知道全部？」

「我說過了，我們根本不知道你能不能信任，而賽勒當時正操縱著所有人的腦袋，他可以看到一切。」柯羅說，「我們別無選擇。」

「好消息是！他只知道父親是誰而已。」萊特說。

「你錯了，萊特，這才不是好消息！」看著一臉天真的萊特，絲蘭真的很想掐死對方。他把錯怪在萊特身體裡所流的另一半血統上。「真正會為你帶來危險的，不只是你體內流著女巫的血，還攸關著另一半流著的是誰的血！」

萊特安靜下來，他看著手中的照片，男人對他來說既陌生又熟悉。

「你是教士，你自己清楚，如果被世人知道你是女巫和教士混血生下的小孩，你將要面臨的會是什麼。」

萊特確實很清楚，女巫與教士相戀是禁忌，生下的孩子更是禁忌……不容於世。

「你可能會面臨教廷的判刑，而且很可能是死刑。」絲蘭說。

「但萊特什麼都沒做！」柯羅說。

「你以為教廷會理會這些？他會被追殺的，柯羅。」

「不可能，因為教廷不會知道這件事。」柯羅的臉色一凜，室內瞬間暗了下來。「如果有任何人敢說出去，我絕對會讓蝕吃掉他。」

「用不著威脅我，我不是最危險的那個，賽勒才是。」絲蘭咬著拇指，走來走去。「或許我們該和賽勒做個箝制約定……」

「可是我們還不確定，不是嗎？」萊特打斷了絲蘭和柯羅的對話。

絲蘭停下腳步，轉頭看著萊特。他思考片刻，最後決定把手中的日記交給他。

「絲蘭先生？」

「這是哈洛的日記。」絲蘭蹲到萊特面前，他放輕了聲音，「我在哈洛的日記裡找到了一些被藏起來的線索，加上你們藉由賽勒看到的景象，我想我們已經確定了……萊特，你確實是丹德莉恩和昆廷的孩子。」

萊特盯著手中飄散著焦味的日記本，遲遲沒有翻開。雖然早有了心理準備，答案也和猜想的相去不遠……只是真正聽到真實的答案時，還是很難消化。

「這就是為什麼爺爺和父親總是禁止我接近昆廷叔叔的原因？」

「或許是哈洛的主意，他可能是想保護你，讓你們保持一定的距離可以免去很多麻煩。」絲蘭解釋。畢竟他就是被這種障眼法耍得團團轉的人。

「但為什麼……」萊特抬起頭來看著絲蘭，他看起來非常困惑。「昆廷叔叔明明知道我的存在，最後卻選擇離開蕭伍德家，當個逃避者呢？」

「逃避者？」

柯羅憶起勞倫斯也曾經提過這個字眼。當著萊特的面，那個欠扁的傢伙說過蕭伍德家出了個「羞恥者」以及「逃避者」

羞恥者指的是將自己變成白衣泡芙主教的哈洛．蕭伍德，至於另一個一直沒被提及的逃避者……指的原來就是昆廷．蕭伍德？

「你知道白衣泡芙主教事件吧？」絲蘭問。

柯羅點了點頭。

「在那件事發生之後，白衣主教的小兒子——也就是昆廷．蕭伍德，忽然在一夕之間決定辭去督導教士一職，解去神職，並且離開靈郡，完全和蕭伍德家與教廷斷絕關係。」絲蘭解釋，「他這樣的行為不只背棄了教廷、還背棄了他的家族，把所有的爛攤子丟給他兄長露德一個人承擔。」

柯羅不知道該說什麼，因為萊特的生父聽起來是個懦弱又討人厭的王八蛋。

「他就這麼跑了？」

「對，他就這麼跑了，沒人知道他去了哪裡。」

提到昆廷，絲蘭就一肚子火。

「我一直認為那個無能的男人是因為承受不了壓力才逃跑的，畢竟他在丹德莉恩逝世後，也沒有膽量跟隨他當初愛得要死要活的戀人離開。會在父親出事後逃跑，也是理所當然的事。」

昆廷．蕭伍德就是個貪生怕死的懦夫、爛人。在發現萊特的存在之前，絲蘭一直是這麼認為的。

「昆廷叔叔是個……這麼糟的人嗎？」萊特沮喪地低垂著腦袋。

柯羅默不作聲，用眼神對絲蘭射出了死亡視線。

絲蘭趕緊清清喉嚨，緩頰道：「但當時的情況確實很嚴峻，再加上他原本是那個瘋子的督導教士，所以或許是真的承受了很大的壓力……」

「哪個瘋子？」

柯羅隨口一問，絲蘭卻忽然噤聲，久久不語。柯羅瞪大眼，似乎明白了絲蘭是在指誰。

萊特看著兩個人的表情，晚了幾秒才意識過來：「昆廷叔叔……曾經是瑞文的督導教士？」

……瑞文？

那雙淺淺亮亮的眼珠盯著他，彷彿認識他一樣。他懷裡還抱著什麼，像嬰兒般的物體。

萊特呢？你把萊特怎麼了？

白色的顏料滴到了手指上，凝視著手中小小的烏鴉木雕的瑞文這才回過神來。看著上色到一半的烏鴉木雕，他重新提起畫筆，用白色顏料仔細塗抹。

回想起在胡倫那裡得到的招靈結果，瑞文不由得勾起嘴角。

他從沒想過將那個金髮教士的袖釦拿去招靈，竟會得到這樣的結果。

兩個靈魂分別爬了上來，一個很可能是他熟識的那個人，一個則來自地獄。

有這麼巧合的事情嗎？他小弟的教士，萊特．蕭伍德，是那個人和女巫生下的孩子？

如果這是真的，那麼整件事就有趣了。

瑞文瞇起眼，他細心地替木雕點上兩顆圓潤的紅眼珠，然後吹乾。

在確認木雕完美地上色後，瑞文滿意地笑了笑，將白色的小烏鴉木雕放到桌上，和其他的木雕排列在一起。

黑色大烏鴉木雕伸展著羽翼，兩隻黑色小烏鴉分別站在底下，最前面的則是他剛上完色的白色小鳥。

「這樣就到齊了。」瑞文呢喃著，他輕輕打了個響指，木雕們竟然栩栩如生地動了起來。

黑色的大烏鴉拍動翅膀飛離，三隻小烏鴉慌忙地追了上去，尾隨在她身後。

瑞文看著在房間裡飛繞的烏鴉一家，那讓他懷念起他們全家人都還在一起的時候……

三隻小烏鴉追著大烏鴉飛，這讓大烏鴉顯得十分焦躁不安，她不斷地啄走黑色的小烏鴉們。

看見這一幕，瑞文忍不住笑了，因為大烏鴉跟他們的母親一模一樣。

瑞文回憶起母親在生下圖麗不久後的那段短暫時光，那是他們一家四口唯一團圓的一段時間，卻也是達莉亞讓他最傷透腦筋的一段時間。

妹妹的出生本來該是件值得開心的事情，瑞文沒想到，這件事卻讓原先開朗活潑的母親一下子變了個人，成為教廷人人唾棄的瘋顛女巫。

瑞文永遠記得，當他帶著花束和年幼的柯羅去探望剛生產完的母親，母親那時的模樣。

原本光鮮亮麗的大女巫，憔悴蒼白地躺在病床上，雙手被皮革束縛著，原先像瀑布般烏亮的黑髮也變得枯燥糾結……她看起來一點都不像那個喜歡穿著漂亮洋裝四處交際的大女巫達莉亞。

柯羅還被嚇得哇哇大哭，瑞文印象深刻。

當他試圖向教廷和當年他們尊稱為叔叔的銜蛇男巫詢問母親變成這樣的原因時，得到的答案卻只是一句：她會慢慢康復的。

但達莉亞沒有康復，她的症狀只是變得越來越嚴重。

初期，她時而開心時而躁鬱，有時候看上去很清醒，有時候又淨愛說些讓人摸不著頭緒的話。對於圖麗的保護程度，達莉亞更是偏執到了一種瘋狂的地步。

精神上的問題讓她遲遲無法回到崗位上，這迫使當時才正要滿十四歲的瑞文提早接任黑萊塔的職位，同時又必須照顧家裡年幼的弟妹。

尤其是柯羅，柯羅當時才那麼小一個。

瑞文原先很天真地以為自己能夠撐住整個家，因為母親暴躁的時候歸暴躁，當她清醒過來、試圖照顧他們的家庭時，他們還是能像以往一樣生活。

每次，瑞文都認為自己只要再撐一下就好，再撐一下，母親就會變回原本那個會牽著他們到處去玩，唱歌給他們聽的女人。

然而達莉亞的狀況每況愈下。

瑞文每天出完黑萊塔指派的任務回到家，面對的就是滿室的狼藉還有坐在地上哇哇大哭的柯羅。

達莉亞總是神經兮兮地抱著圖麗，不斷自言自語，好像深怕有人會搶走她的孩子、傷害她的孩子。

有時候連柯羅接近圖麗都會被達莉亞狠狠拍開。

母親加劇的瘋狂行為讓瑞文身心俱疲，他才剛滿十四歲，卻要面對黑萊塔成堆的案件、陰晴不定的母親和每天嚎啕大哭的小弟。

瑞文自己都快被逼瘋了，他承受不住這些。

而當時唯一支持著他渡過那些日子的，就只有他的搭檔、他的督導教士……昆廷．蕭伍德。

那個有著湛藍眼睛，溫和又沉穩，像朋友又像父親的男人。

可惜過去那個瑞文認為值得信任的男人，就和他的父親一樣，他們全都在對極鴉家做出了承諾後，又違背了他們的承諾……

蕭伍德家的人都是一群偽君子，他們熱愛發誓，甜言蜜語，在承諾將會陪伴他們度過每一個難關後，卻都在最艱難的時候拋棄了他們。

哈洛選擇在達莉亞最脆弱的時候丟下她離開。

昆廷也選擇在他最脆弱的時候丟下他離開。

那真的是令人難以忍受。

想起往事和那個男人，瑞文沉下臉，原本在房間裡飛翔的烏鴉們忽然靜止，瞬間全變回普通的木雕，啪地墜落在地上。

烏鴉摔斷了它們的腦袋。

朱諾這時正好從門外走了進來，他忍不住皺起眉頭，「都這種時候了你還在玩你的烏鴉雕像？」

看著一地整齊掉落的烏鴉腦袋，朱諾狐疑地看著瑞文，「你現在是在發瘋嗎？在這種時候？」

「沒有，我只是想起了一些往事，有點不愉快而已。」瑞文對朱諾眨了眨眼，一臉天真無辜。

「你這神經病，最好是不要挑這種時間發病。」

瑞文沒有多做表示，他露出微笑，「你清醒點了嗎？」

「對，我清醒了，但這代表分靈手術也即將開始了。」朱諾踢開地上的雕像碎屑，越過瑞文，打開衣櫃開始挑選外出的衣服。「我們沒有時間了。」

「別擔心，我不是先派威廉和亞森去了嗎？」瑞文一副老神在在的模樣。

朱諾把黑色的西裝大衣丟在瑞文身上，插著腰質問他：「派兩個小鬼頭過去，你就不怕來不及阻止分靈手術嗎？亞森還沒被賦予使魔，威廉又不太會控制自己的使魔，他們要面對的可是黑萊塔那群狡猾的傢伙……」

見瑞文還是一派悠閒地盯著他，沒有動作，朱諾差點氣炸。

「你如果不去幫忙，我就要自己去了！」

「分靈手術一開始，你的靈魂就會被強制召喚，可能會昏倒喔。」

「你在廢話什麼，我現在不就是要去阻止這件事發生嗎？」

「但我打算讓這件事發生。」

「什麼？」朱諾還以為自己聽錯了。

「我打算讓分靈手術發生。」瑞文重申。

「你知道你到底在說什麼嗎？」

朱諾沉下臉，一腳踢在桌上。蠍子們紛紛從角落爬了出來。

瑞文輕輕瞄了蠍子們一眼，蠍子有些退縮，但還是盡責地護著牠們的主人。

「你到底有沒有意識到這件事對我來說有多嚴重？如果分靈手術成功，我的靈魂碎片會被暹貓家的人抓起來折磨，我的兄弟則會拋棄我，我們將再也沒有瓜葛！」

「但這對你來說重要嗎？我是指你和你的兄弟的部分……你還想繼續待在他身邊，維持共用一個靈魂的關係嗎？」

瑞文的話讓朱諾沉默了。

「好好想想，朱諾，你一直都是兄弟中比較弱的那個，對於賽勒來說，你重要嗎？」

「我不是……」朱諾咬牙切齒，卻無法否認。

「賽勒之所以依然和你形影不離，純粹是為了針蠍家的榮耀和維持巫魔會的主持，他需要你的能力。」瑞文說，「你自己應該也很明白，否則不會加入我們。」

朱諾握緊拳頭，站在原地沒有辯駁。

「現在一旦你不聽話了，他就急著想切割你了。」

當初在拉攏流浪巫族時，瑞文就很清楚一件事——針蠍家真正當家的賽勒太過傲慢，他只想維持巫魔會的運作、保護家族的傳統，其他關於教廷和巫族的紛擾他一概置身事外。

賽勒不可能加入他們的行列，要拉攏針蠍家的人，只能從弱者下手。

「誰都知道針蠍家最後的命運是什麼，如果你們繼續維持一個靈魂的狀態，接下來會發生什麼事我想你自己很清楚。」

「賽勒會吸收我的養分，成為最強悍的那個。」朱諾說，他垂下眼。這只是時間早晚的問題，到時候他會變得像普通人一樣虛弱，他的能力、他的使魔都會被奪走。

賽勒的所作所為只是在加速這件事情的發生。

但最讓朱諾無法忍受的是，賽勒連讓他繼續待在身邊，當他共享快樂和痛苦的兄弟都不願意。

「沒錯，你認為都到這個地步了，還有必要繼續共享一個靈魂嗎？」瑞文問。

「但如果分割了，瑟兒會選擇更強大的那個父親。」朱諾將手按在自己的腹部上。

沒了使魔，能力又被削弱，最後朱諾只會落得和街上那些流浪的巫族一樣，成天靠著一些小把戲維生，這是最讓人無法接受的事。

賽勒將會成為真正的針鰳，而他只是個連頭銜都被剝奪的流浪男巫。

他們將形同陌路。

「這你倒不用擔心。」瑞文起身，打斷了朱諾的思緒。

「什麼意思？」

他穿上朱諾丟過來的大衣，愜意地整理著衣著，「關於這件事我有其他計畫。」

「其他計畫？」

「相信我，我們會奪回你的靈魂碎片，我們也會奪回瑟兒。」

「那你最好快點告訴我你的計畫是什麼。」

「我們邊走邊說。」瑞文俏皮地對朱諾眨眼，轉身就要離開。

朱諾真的快被這個陰晴不定的男人逼瘋了。

「我到底可不可以信任你？」

瑞文停下腳步，他轉過頭來，很肯定地對著朱諾說：「可以。」

因為他不是那些蕭伍德家的人，他是極鴉家的長子。

卡麥兒在辦公室裡轉了一圈，卻都沒有找到人。

「絲蘭先生到底去哪裡了？」她抱著胸，傷腦筋地自言自語。她幾乎要翻遍整座黑萊塔了，卻到處都找不到絲蘭，也沒找到萊特和柯羅，或格雷和威廉。

平常如果要找什麼人，卡麥兒第一個求助的對象一定是絲蘭。她的絲蘭先生對她來說太可靠太值得信賴，有什麼疑難雜症找他就對了。

但現在要找的就是絲蘭本人，她反而有點無所適從，絲蘭先生又是那種外出不帶手機的老派紳士。

「真是的，也不說一聲。」

這時，卡麥兒注意到蜘蛛們正在辦公桌上跳著叫著，不停吸引她的注意力。

我、們、知、道！

蜘蛛們激動地在她的鍵盤上跳著，然後打出這幾個字。

「他們去哪裡了？」卡麥兒驚喜地問道。

蜘蛛們歡呼著，跳躍出下面的訊息——

狗、血、八、點、檔！

去、驗、D、N、A！

猜、猜、萊、特、是、誰、的、孩、子？

閉、嘴、主、人、說、這、是、祕、密！

你、才、閉、嘴！

蜘蛛們跳到一半打起來了。

卡麥兒嘆息，實在看不懂蜘蛛們到底在說什麼。她搖搖頭，丟下蜘蛛們離開辦公室。

完全沒有絲蘭和萊特他們究竟是去了哪裡的線索，無功而返的她也只能盡快回去，協助榭汀和丹鹿的工作。

反正絲蘭先生大概過一下又會忽然從哪扇窗或哪扇門裡出現吧？每次都是這樣子的。但就在卡麥兒準備去找榭汀和丹鹿的時候，卻在路上遇到了消失很久的兩個人。

卡麥兒的眼神瞬間放光，對著前方叫喊：「威廉！格雷！」

走在前方的兩人轉過頭來，一臉錯愕地看著她。

「你們跑去哪裡了？我們找你們找了很久耶！」卡麥兒走上前，看著威廉和格雷不對勁的臉色，她歪了歪腦袋。

「呃……我們去談了點事情。」威廉支支吾吾地說著。

「談了兩天？都談了些什麼啊？」

威廉和格雷互看一眼，他們沒人說話。

卡麥兒看著格雷，她大叫一聲，握住對方的手：「啊！你！絲蘭先生到底有沒有把你丟到西伯利亞的冰原上？」

格雷看著她，臉上的表情似乎很困惑。

「沒、有？」他連語氣都不是這麼確信。

「太好了，我就說絲蘭先生怎麼可能這麼過分，把人隨便丟在冰原上不管呢。」卡麥兒哈哈大笑著。

但這個平常都會很給面子地陪她笑一下的學弟，今天卻面無表情，只是一臉古怪地盯著她看。

「萊特和柯羅他們人呢？」威廉出聲打斷了卡麥兒。

「不知道耶，我也找不到他們，但應該等一下就會出現了！」卡麥兒說，「你們回來得正好，榭汀正要進行一項分靈手術，可以麻煩你們一起過去支援嗎？」

威廉和格雷又互看了一眼，他們點點頭。

「當然，在哪裡，可以麻煩妳帶路嗎？」格雷說。

卡麥兒皺眉微笑，「你不是知道在哪裡嗎？怎麼還要我帶路？」

格雷的臉色一下子變得很難看。

「該不會休息兩天休到腦袋壞了吧？學弟。」卡麥兒笑著，一邊卻緊盯著格雷的臉和髮尾。

她很會記人的臉和特徵，所以她總覺得今天的學弟哪裡怪怪的。他的眉毛不夠囂張跋扈、眼神也沒有那股不屑感，他的髮尾過於滑順……愛漂亮的學弟今天甚至沒有抓頭髮。

最重要的是，卡麥兒本能地感受到了敵意，而且她相信自己的直覺並沒有錯，因為一直跟著她的蜘蛛們也很躁動。

卡麥兒的雙手背在身後，卻在檢查自己有沒有攜帶武器。

「沒事，抱歉，我一時糊塗，我帶路吧！」那個格雷笑笑，轉頭往前走去。

落在後面的卡麥兒不動聲色地靠近威廉，和他走在一起，並且悄悄靠在他耳邊說道：「你別緊張，但我覺得你的搭檔今天很奇怪。」

威廉沒說話，他默默地走在卡麥兒身邊，直到她說：「我認為那傢伙可能不是格雷……」

威廉停下腳步，因為「格雷」正在往錯誤的方向走去。

「我很抱歉，卡麥兒。」威廉盯著身旁的小仙女看。

「威廉？」卡麥兒不解地望著他。

只見威廉雙眼翻白，他張開嘴，一隻蒼蠅飛了出來。

卡麥兒剛退一步，那個「格雷」卻已經來到她身後，擋住了她的退路。就在她準備反擊時，那隻蒼蠅竟順勢飛進了她的嘴裡。

卡麥兒倒抽一口氣，她的眼前一片黑暗，瞬間沒了知覺。

在她失去意識之前，只聽到威廉又說了句：「對不起，幾個小時而已。」

然後她被人輕輕放在了地板上。

接著只剩一片像大海般深沉的黑暗籠罩著她，黑暗之中偶爾還有幾道古怪的綠光閃過。

CHAPTER 6

壞預兆

榭汀看了眼時間，可以開始分靈手術的時機來得比他預計的還要早。

萊特和柯羅還沒來會合，絲蘭不知道跑哪去了，而說要去幫忙找人的卡麥兒也遲遲沒回來。

這些傢伙是約好一起跑出去野餐了嗎？

「我們到底什麼時候要開始？」渾身赤裸的紅髮男巫一臉不爽，他坐在手術臺上不斷問著同樣的問題。

「你很煩，可以先閉嘴嗎？」榭汀瞪了對方一眼，萊特和柯羅不在的壞處就是沒人幫忙箝制賽勒這個麻煩。

「時間一分一秒地過去了，我的假兄弟已經成形，一切準備就緒，我們還要等什麼？你最好快點，時間不等人。」

「你這麼急是等一下有約會嗎？」榭汀對著賽勒微笑，「跟死神？」

「別廢話，榭汀，我知道你很想擺脫我。」賽勒說，「進行手術，結束後我就離開。」

這倒是真的。榭汀已經快受不了針蠍家的人了，丹鹿想必也是。

「放手！我叫你放手！」

榭汀轉頭一看，丹鹿正在被那個他種植出來的蘿蔔假人性騷擾。

隨著時間過去，那個長得和朱諾已經有七八分像的蘿蔔假人越來越像真人了。

雖然依然全身死白，但那頭紅色的長髮、五官、四肢還有身體的……任何一個部位都長得非常健全。

唯一的缺點是，這個蘿蔔假人的智商就跟蘿蔔一樣。

「噁心死了！待著！給我待著你這混蛋！」丹鹿把那個纏在他身上的假蘿蔔過肩摔回手術臺上。

蘿蔔假人還是不停爬起來，想往丹鹿身上攀爬。

「你很受男性和蘿蔔的歡迎呢。」賽勒側躺在旁邊說著風涼話。

「你閉嘴！還有用毛巾遮好你的東西！」丹鹿將毛巾甩到賽勒身上，一邊氣喘噓噓地壓制住假朱諾。「這傢伙到底是怎麼回事！」

「它正在本能地尋找宿主，所以才會不斷往你身上爬。」

榭汀走過來，他輕輕觸碰手術臺，藤蔓從底下伸展出枝椏，替丹鹿箝制住假朱諾。

「怎麼連假的都這麼煩啊……乖乖躺好！」

「你們這樣就覺得煩？要不要試試當他的兄弟？」賽勒挑眉，被榭汀和丹鹿各瞪了一眼。

「雖然我很想讓你盡情摔爛這東西，不過還是小心點，摔壞了我們又要重新進行一次種植的工作。」榭汀對著丹鹿說。

「但我們沒有那個時間，手術要儘快進行。」賽勒插話，他主動在手術臺上躺好。

「可是萊特他們都還沒過來。」丹鹿小聲地對榭汀說。

「這些傢伙真的很會偷懶……可能是偷跑到街上還是哪裡去閒晃了吧。」

榭汀嘆了口氣，「我已經請信使去街上探聽了，如果有發現這些傢伙在哪裡，貓咪們會為我們捎個訊息。」

「真的是，都什麼時候了……你一個人真的可以進行手術嗎？」

「可以，現在的我有足夠的能力。」榭汀說。

「是我的錯覺還是你最近的巫力一直在變強？」

榭汀沒有回話。

「喂，你們黑萊塔的傢伙到底是怎麼回事？我看夠金髮和黑髮、老人和年輕女孩的打情罵俏了，我不需要再看你們兩個白痴打情罵俏。」賽勒瞪著交頭接耳的榭汀與丹鹿。

榭汀和丹鹿站在那裡，很有默契地繼續交頭接耳。

「你能順便做個前額葉切除手術嗎？」

「如果時間來得及的話。」

「我聽得到，你們不用故意說給我聽……」

溫室的大門吱呀一聲被打開來，榭汀、丹鹿和賽勒齊齊抬頭，進來的卻是讓他們意外的人。

「看看是誰來了。」榭汀說。

「威廉！格雷！」丹鹿喊出聲。

格雷跟在威廉身後走進了溫室。威廉的臉色凝重，跟在他身後的格雷則是四處張望，彷彿從沒看過榭汀的溫室一樣。

「你們這幾天到底去哪裡了？大學長一直在找你們！」丹鹿問。

威廉看了格雷一眼，格雷只是淡淡地說了句：「抱歉，我們有點事耽擱了，所以沒能提早回來。」隨後他轉頭看了眼那些埋在土壤裡的人。

今天的格雷未免太有禮貌了。丹鹿心想，但在看到格雷似乎在嘲笑土裡的人們時，他又覺得是自己想太多了。

「雖然跟我希望到場的人不太一樣，不過無所謂，你們能幫忙看門也不錯。」榭汀嘆了口氣，開始清洗雙手。

「你們要準備進行分靈手術了嗎？」威廉問。

「對，乖乖在旁邊等著，如果需要幫助我會叫你……雖然需要你幫助的時候可能也代表手術失敗了，我們要把針蠍們的靈魂驅趕至地獄。」榭汀微笑，話像是對著威廉說，又像是對著賽勒說。他捲起袖子，走向正在瞪視他的賽勒和假朱諾。

威廉沉默不語，和格雷並肩專注地看著手術進行。

丹鹿看著這樣的威廉和格雷，總覺得有什麼地方不對勁，但又說不上來。

「你們怎麼知道分靈手術要進行？」他對威廉問了句，「你之前好像都不在啊。」

格雷往前站了一步，威廉伸手擋住他。

「卡麥兒告訴我們的，所以我們才會過來幫忙。」威廉說。

「學姐通知你們的？那學姐人呢……」丹鹿正要問下去，卻被榭汀叫住。

「鹿，來幫忙。」榭汀手裡拿著兩瓶小藥水搖晃著，「我們要準備強制召喚朱諾的靈魂了。」

「喔！」丹鹿停下他的質問，轉身就跑向榭汀。

沒人注意到放鬆下來的格雷後腦杓長出了接近白色的金髮，威廉輕輕安撫著格雷的背，對方只是給了他一個眼神表示他沒事。

「這不是毒吧？別忘記如果殺掉我，你們的伊甸也會爆炸。」都到了這個時候，賽勒還是一臉狐疑。

榭汀不怪他，他確實故意表現得非常可疑……因為看賽勒擔心受怕的模樣實在是件讓人滿享受的事情。

「那你更要趕快喝下去了。」榭汀再次微笑。

威廉和格雷沒有作聲，他們靜靜地看著榭汀和丹鹿分別拿著那瓶像毒藥的藥水，餵給了賽勒和假人朱諾。

他們現在要做的事情只有等待，然後伺機而動而已。

瑞文跟在朱諾身後，他們走過小巷和偏僻的樓梯，穿梭在不斷變化的景象之中。

很快的，在他們來到了靈郡的市中心時，朱諾的速度慢了下來。

他咬緊牙關，又勉強向前走了兩步，將瑞文帶進一間普通的民宅裡後，他才跪倒在地。

聽到聲音出來查看的女主人，在看到兩個陌生男人憑空出現在自家的玄關時，嚇得驚聲尖叫；但瑞文用手指輕輕打了個響指就讓她閉上嘴，乖乖回到客廳去看電視。

瑞文蹲下來看著跪倒在地上的朱諾，他問：「還能再走幾步路嗎？離舒服的沙發和房間就只剩一點點路了。」

朱諾搖搖頭，只說：「要開始了。」

瑞文無奈，用哄小孩似的語氣提醒：「記住我們的計畫，拖延住賽勒，我會在適當的時間拉你回來，而等你醒來之後……」

「我知道……跑……你自己要跟上。」朱諾咬著牙，他看起來正在抵抗著什麼，意識卻逐漸模糊。

「需不需要給你墊個枕頭？」瑞文調侃道。

「你最好……讓我舒服點……以免我們跑不動。」

瑞文微笑，他輕拍朱諾的背部幾下，彷彿在哄孩子入睡。

朱諾最後閉上了眼，在玄關前沉沉睡去。

瑞文將朱諾打橫抱起，徑直走向客廳，將人放在沙發上。

女主人坐在一旁邊看電視邊笑，眼裡卻不斷流出淚水。

「親愛的，去幫我點幾根蠟燭和拿一把銳利的刀來好嗎？」瑞文對著女人說。

女人僵硬地微笑著點點頭，她起身離開，替她的主宰者帶來他想要的東西。

蘿絲瑪麗坐在鏡子前，替自己梳妝打扮。她將頭髮梳整，替自己蒼白的臉色抹上粉底和胭脂。

她試著像平常一樣用骨針固定一頭銀藍色的長髮，但每當她抽出一根骨針，骨針就在手裡斷裂開來。

壞預兆，很壞的預兆。

蘿絲瑪麗看著斷裂的骨針，面容依然平靜，並且隨手拿了根普通的髮簪替自己盤起頭髮。重新戴上她漂亮的藍色寬邊帽時，卻又發現那些生長在帽沿旁的漂亮鮮花全都枯萎了。

蘿絲瑪麗想著：可能是時候了。

維持著人形的暹因走進門，看著打扮好的蘿絲瑪麗，他不吝嗇地給予稱讚：「妳看起來完全好了，就跟以前一樣美麗。」

人高馬大的他維持著和豹型時一樣的習慣，他走上前，低下頭用臉蹭過蘿絲瑪麗的臉並且親吻她。

「甜言蜜語的男人不值得相信。」蘿絲瑪麗笑道。

「我又不是人。」暹因呼嚕呼嚕地抱怨著，一邊伸手替蘿絲瑪麗再度調整好髮簪的位置，替她將頭髮收起。

蘿絲瑪麗輕輕握著暹因的手，她看著她的使魔許久，才悠悠地說了句：「如果我怎麼了，答應我，跟著榭汀好嗎？」

「妳不會怎樣的，妳還有一百年要活……」

「答應我。」

「不，妳知道男人的巢穴不舒服，我也討厭跟兄弟姐妹擠一個窩。」

「那就想辦法先忍耐，然後等著，大女巫成熟後便可以容納你。」

「我不要大女巫，我只要妳。」

「沒有使魔這樣的……」蘿絲瑪麗一臉無奈。

「沒有使魔怎樣？小女孩。」暹因用臉蹭著蘿絲瑪麗的手。

大概也只有暹因還會稱呼已經百歲了的她小女孩。蘿絲瑪麗嘆了口氣，她用拇指輕輕磨蹭著暹因的臉。

她用這輩子所有的愛餵養她的使魔，她的使魔是這麼的漂亮，這麼的美麗，他是她僅存著，唯一會令她捨不得的事情了……

帽沿上枯萎的花朵全都凋零脫落，看著乾枯掉落的花辦，暹因一臉擔心地望著他的主人：「還好嗎？」

蘿絲瑪麗拍落凋零的花朵，她堅定地說：「我很好，但我想去看看榭汀，和他談點事情，能帶我過去嗎？」

「當然可以。」暹因抱起蘿絲瑪麗。「但妳怎麼忽然想看他呢？」

「不知道，就是忽然想這麼做。」

蘿絲瑪麗看著桌上斷裂的骨針，她知道有什麼事情要發生了。

「昆廷叔叔曾經是瑞文的督導教士？」萊特張大眼，他從來不知道這件事，沒人跟他提過。

在發生某件殘忍的謀殺事件後，血鴉瑞文的歷任督導教士也一直被教廷列為機密檔案。

柯羅看上去也不知道這件事，他一臉震驚。

「對，在瑞文發……」看著柯羅越來越臭的臉，絲蘭換了說法，「……情緒變得不穩定之前，他是瑞文的第一任督導教士。」

極鴉家和蕭伍德家一直有種剪不斷理還亂的奇怪關係，每當極鴉家的巫族必須選擇新任的督導教士時，通常契合度高的都是那群蕭伍德家的人。

就像當年第一任大女巫和她的督導教士一樣，這就像是命運……或詛咒。

「昆廷原本是蕭伍德家的例外，他第一次擔任督導教士時，原本是丹德莉恩的督導教士。」

千根骨針，九百九十九根黏在了魘羊家的雕像上。絲蘭印象深刻，昆廷和丹德莉恩也確實是天作之合，只是太過合拍卻導致了後面的悲劇。

「後來丹德莉恩走了，昆廷卻還是繼續在黑萊塔擔任督導教士……」絲蘭當時很不能諒解哈洛包庇自己孩子的做法。

憑什麼丹德莉恩必須受罪，而昆廷卻像個沒事的人一樣？但他現在明白了哈洛是想掩飾一切。畢竟當時除了哈洛、達莉亞和他三人，沒人知道丹德莉恩和昆廷私下的戀情，以及他們都犯了些什麼錯。

丹德莉恩是女巫，可以輕易用其他罪名替代，昆廷卻不行。一旦動到昆廷，就會打草驚蛇，鷹派的人會開始質疑整件事情，屆時他們生了孩子的事很可能會曝光。

可即便如此，絲蘭還是希望那個沒有擔當的男人下地獄去懺悔。

「由於達莉亞的失能，瑞文十四歲的時候就進入了黑萊塔，他第一次的督導教士抽籤，被續任的昆廷抽中了。」絲蘭說，「所以他曾短暫地擔任過瑞文的督導教士。我的印象有點模糊了，但我記得他們當時的合作還算愉快。」

萊特不知道這段過往，血鴉瑞文在教廷的記載下，一直給人一種天生瘋狂的印象。

「後來呢？」柯羅追問。

「後來？後來陸續發生了太多的事情，哈洛的自殺行為、達莉亞的精神崩潰……還有那個男人的逃跑。你兄長也是在那時候開始變得不對勁的……記得他對他的新任教士做了什麼嗎？」

柯羅的臉色大變。

「那個可憐的菜鳥教士才幾歲而已，他對他的督導生涯充滿熱情，瑞文卻……」

「不要再說了！」柯羅打斷了絲蘭的話。

看著拳頭握得死緊的柯羅，萊特沉下臉，他知道後面發生了什麼事。瑞文喜歡砍人腦袋的傳聞是從這裡開始的，據說當年的瑞文一夕之間發了瘋，砍下了他的督導教士的腦袋。

督導教士身首分離，孤獨地在血泊中死去。

沒人知道瑞文的動機是什麼。

房間裡的空氣凝滯了片刻，直到萊特打破沉默：「當年有太多事情我們不清楚詳細的原因，我們沒辦法批判什麼。」

「我明白，話題扯遠了。」絲蘭回答。他看著萊特，清楚對方是在替柯羅轉移話題。

魘羊家的人對於愛人、朋友和親人總是特別保護，丹德莉恩也是如此。

「總而言之，在知道有你之前，我對昆廷很不諒解，我認為他是承受不了壓力而逃跑的。」

「在知道有我之後呢？」萊特抬頭問。

絲蘭沉默。其實這讓他更不明白為什麼了，雖然他很討厭昆廷，但昆廷並不真的是個這麼自私自利的混蛋。如果當年他是為了萊特的存在而繼續在教廷苟活，又為什麼決定在那種時候逃跑？

「就像你說的，當年有太多事情我們不清楚詳細原因，我沒辦法批判什麼。」絲蘭最後重複了一遍萊特說的話。但在看到低垂著腦袋的萊特後，他勉為其難地替那個他很討厭的男人解釋：「也許他當初離開是有什麼難言之隱。」

萊特不知道有沒有在聽他說話，他慢慢地翻開日記。每看他翻一頁，絲蘭就越加緊張，他們還有太多事情需要討論。

「那個人……他在離開之後就再也沒回來過蕭伍德家了，他有聯絡過你們任何人嗎？」萊特仔細看著哈洛的日記，甚至連在看到哈洛嘲諷絲蘭的髮際線時都沒有開玩笑。

絲蘭搖搖頭。他不明白昆廷究竟是怎麼辦到的，他就這麼消失得無影無蹤。

「他還……活著嗎？」柯羅問，他盯著正在翻日記的萊特。

「不知道。」絲蘭說。他真的不知道，他和昆廷甚至算不上有交情。知道昆廷可能去向的人不多，或許只有那些已經過世的人，或是……瑞文。

瑞文會知道這件事嗎？絲蘭揣測著，但隨即又推翻了自己的想法。瑞文本人都還是失蹤的狀態，怎麼可能知道昆廷去了哪裡。

「那就派你的蜘蛛到處去找找！如果他還活著，那麼……」

「他可能已經不在了。」萊特忽然抬頭說道。

「你怎麼知道？」絲蘭不解。

萊特看了眼柯羅，又看向絲蘭，「記得我們為了找里茲問出快樂瑪麗安的下落，所以去了一趟地獄嗎？我在那裡遇到了奇怪的事情。」

「奇怪的事？」

「在地獄裡徘徊的時候，我被困在了一個安靜的黑色地獄裡，那邊什麼人都沒有。」萊特回憶著，「在我快要被黑色沙漠吞噬時，有個靈魂忽然出現叫醒了我。」

絲蘭眨著眼，地獄裡的靈魂不可能是普通人的靈魂。

「她喊我小寶貝，和我說了一些事……」

「那個靈魂有沒有可能是……」

「我不確定，但她對我說，她本來有份禮物要給我，而禮物可能就在……我父親所葬之處？」萊特不確定地分析著，「如果她所說的父親，和我們所認知的是同一個人，這是不是表示昆廷叔叔其實已經過世了，而且被葬在某處。」

「她說她要給你一份禮物？」絲蘭瞇起眼，新的資訊很有意思。丹德莉恩留給萊特一份禮物？他隨後想起了哈洛日記裡的那句話：丹德莉恩想要留給萊特的東西太特別了……

靈光一閃，絲蘭抬起頭，他可能知道丹德莉恩想要給萊特的是什麼東西了——

但為什麼那東西會在「父親的所葬之處」呢？

「不過我實在猜不到那會是怎樣的禮物？傳家之寶？一隻小狗？三百億遺產？」萊特還在胡亂猜測著，正準備將日記翻到下一頁時，窗外忽然傳來了敲擊聲。

一行人紛紛看向聲音的來源。窗外，幾十雙散發著詭異光芒的眼睛瞪著他們，然後齊齊發出了「喵嗷嗷嗷嗷！」的尖銳叫聲。

成群的貓咪在外頭猛敲著窗，彷彿在警告他們什麼事情。

「那是榭汀的信使們。」柯羅說。

「糟糕！分靈手術！」萊特闔上日記本，整個人跳了起來，「我差點都忘了！我們應該要回去幫忙進行分靈手術了！」

「但時間不是還早嗎？」柯羅看了眼手表。

「有點奇怪。」絲蘭看著從窗外和門外爬入的蜘蛛們。

這些外來的蜘蛛看起來很焦慮，不斷團團轉著。

絲蘭皺起眉頭。因為這些蜘蛛並不是他的蜘蛛，而是一般常見的蜘蛛。會跑進來這裡替他的蜘蛛傳遞訊息，很可能表示他的蜘蛛在黑萊塔被什麼事情絆住了。

「黑萊塔那邊可能出事了。」

話音剛落，窗外傳來的不只是貓叫聲，同時還響起烏鴉們嘈雜的叫聲。

柯羅看向窗外，萊特跟著望去，烏鴉們群聚在外，竟然形成了一團巨大如烏雲般的鳥群。

不只是榭汀的信使，連柯羅那些平常懶散又像流氓一樣的信使竟然都開始在窗外徘徊，發出警告聲。

「這是壞預兆。」柯羅說，他握緊拳頭，心裡浮現出一種很不好的預感。

眾人紛紛相望。

「關於你父母親的事情我們晚點再談，我要先回黑萊塔找麥子，看一下狀況。」絲蘭說，他擔心卡麥兒出事。

萊特點點頭，他看著手中的日記本，先將日記收進了懷裡。

「準備好回去了嗎？」絲蘭用手杖往地上一敲，房間的衣櫃變成了一扇門。

萊特和柯羅再次點頭，柯羅尾隨在絲蘭身後進入衣櫃，萊特臨走前又看了他孩提時代的房間一眼。

「再見。」

隨後他頭也不回地離開了。

CHAPTER 7

分靈手術

女巫史上第一個分靈手術，除了靈魂的分割之外，同時也是肉體的分割。

傳聞在第一個分靈手術之前，針蠍家歷代的女巫們都是腹部與腹部相連的連體嬰，就和唯獨她們才能養活的暹羅魚一樣。

她們共用活命的身體器官，共用她們所締約的使魔，一生相連，直到一方的養分逐漸被另一方吸收，將較強悍的一方昇華到完美的境界為止……

然而總是有看對方不爽，巴不得對方死去的針蠍雙子們存在。

她們找上了巫醫，替她們進行了靈魂與身體的切割手術。當手術完成後，針蠍女巫們的身體與靈魂終於分開了，其中一人占有了使魔、容貌與巫力；另一人憔悴、虛弱而日漸衰老。

但她們的肉體終究是分開了，心滿意足，再也互不往來——至少她們是這麼以為的。

針蠍女巫們可能沒料到，即使肉體被分割了，靈魂卻依舊無法被完全切割乾淨。

她們生下的孩子雖然不再相連，但都是極為相似的雙胞胎。

她們依然共用一個靈魂，共用一個使魔，並且終生都在奪取對方的養分……

「就像是詛咒一樣。」榭汀盯著臉色死白、才剛清醒沒多久又因為藥物的關係沉沉睡去的賽勒。

「這就是他們為什麼會變成這種差勁個性的原因嗎？」丹鹿低頭望著手術臺上的白蘿蔔假人，把藥灌進它嘴裡之後，它終於安分了點。

「不，我想那是因為他們天性如此。」榭汀搧了賽勒幾下清脆響亮的巴掌，確認對方已經確實沉睡過去。

「呃……它沒有呼吸是正常的嗎？」丹鹿轉過頭問。

「正常的，要召喚他們的靈魂，必須讓他們先體驗瀕死的經歷。」榭汀說，「萊特和柯羅當初為了下地獄也做過類似的體驗。」

丹鹿點點頭。

「現在，分靈手術準備開始了，鹿你後退點。」榭汀揮揮手要丹鹿退開。

丹鹿聽話退開，他站在離格雷和威廉不遠的地方，瞥見這對教士和男巫緊緊貼在一起，他有些不解地歪了歪腦袋。

到底什麼時候格雷和威廉的感情變得這麼好了？

沒多想，丹鹿雙手抱胸，專心觀望著榭汀進行手術，毛茸茸的觸感卻從他身邊不斷蹭過。

丹鹿抖了一下，空氣裡出現一排漂亮的獠牙。

「柴郡？你怎麼還沒回去？」

「你會漸漸看到我越來越常在外面，跟暹因一樣。」

丹鹿被若隱若現的柴郡整個纏住，牠的尾巴左搖右擺，不斷撓過他的鼻子，讓他噴嚏連連。

「那傢伙聞起來好臭，有種野獸的味道。」柴郡瞪著格雷忽然說。

「很失禮耶你。」

柴郡沒說話，呼嚕呼嚕地瞇眼瞪著格雷。

這時，溫室頂端的植被忽然變得茂盛而密集，它們爬滿天花板，將原先充足的日光全都掩蓋住。

溫室暗下。

「安靜，要開始了。」丹鹿讓柴郡噤聲。

榭汀在賽勒和假朱諾的身上插著骨針，分別從他們的腳趾、腹部、心口、喉嚨和眉心沿途插上，像一排指引的道路。

在確認骨針安上後，原本纏著假朱諾的藤蔓退去，榭汀則是站在賽勒與假朱諾之間，輕聲念著：「沉睡的小羊們，醒來、醒來，屏氣凝神地看著，尋找黑暗中的星火。」

話音剛落，插在賽勒和假朱諾身上的骨針忽然燃燒起亮藍色的火焰，一個接著一個，從腳趾到眉心，彷彿烽火一般。

榭汀在手指上掛了個小鈴鐺，他繼續呢喃：「打瞌睡的小羊們，醒來、醒來，跟隨著星火，一路前進；聽著鈴鐺的聲音，一路前進。」他用手指搖晃起鈴鐺。

隨著鈴鐺的聲音響起，賽勒和假朱諾的身體都開始散發出橙橙橘光，色澤宛如夕陽。

那陣橘光從賽勒的腳趾向上攀爬，從眉心向下凝聚，最後聚集在喉嚨的部位。

假朱諾身上的橘光倒是很不配合，它們四處亂竄，攀爬緩慢，彷彿不願意聽榭汀的話匯聚在一起。

「不要抵抗，親愛的小羊，跟隨著星光，牧羊犬將驅逐你前行。」榭汀的手指按住了假朱諾的額頭。

燈光太暗，丹鹿看不清楚，但他很確信手術臺下的那些藤蔓又爬了上來，並且試盡各種方法爬進了假朱諾的體內……

原先不願意匯集在一起的橙色光芒開始像羊群般被驅趕，並且強制地匯集在一起，那些藤蔓則是殘暴地爬進假朱諾的嘴內，不斷地拉扯著什麼。

「出來、出來、出來！」榭汀的眼神冷冽。

終於，在藤蔓的不斷拉扯下，那股橘光被向上拉往假朱諾的喉頭。

「現在聽我的話——滾出來！」

榭汀搖著手指，一聲鈴響，溫暖的橘光從針蠍雙子的喉頭冒了出來，一路飄散，然後在空氣中融合成一體。

「針蠍們的靈魂看起來原來像這樣嗎？」

丹鹿感到不可思議，因為融合在一起的橘光形狀看起來像兩個剛出生的小嬰兒。它們面對著對方，頭碰著頭，腹部還有金色的絲線，彷彿臍帶般緊緊繫著對方。

如果只是靈魂的話，針蠍雙子看起來其實還滿……

「看起來滿好吃的。」柴郡呼嚕著，胸腔震動了丹鹿的身體。

丹鹿嫌惡地看了柴郡一眼。

「乖小羊，乖乖睡，可能會有點疼，但一切都可以忍耐。」榭汀的聲音輕柔，手裡卻拿起一把鋒利的手術刀。

他用毛巾擦拭著刀身，拿了根燃燒中的骨針在上頭輕輕敲幾下，手術刀的刀面瞬間燃燒起來，在黑暗中散發刺眼的藍光。

在所有人屏氣凝神的注視下，榭汀劃下了第一刀。

肌膚上傳來的疼痛，就像被刀片一點一點地割下皮肉一樣難受。

賽勒因為劇烈的疼痛而醒來，他張開眼，卻發現自己正躺在熟悉的小房間裡，他的小床上。

天花板和牆上各式各樣的窗戶裡，有幾扇正不斷播放著他和朱諾過去的種種回憶。有些是孩提時代，有些則是最近，只有幾扇窗裡偶爾閃現的是瑟兒的影子。

使魔徘徊在他與朱諾的房間外，似乎在等待著什麼。

意識到分靈手術可能正在進行，賽勒按著自己的腹部，長舒了一口氣。他緩緩地坐起來，自然而然地轉過身去，面向朱諾的床鋪。

就像在照鏡子一樣，賽勒看著朱諾也從一模一樣的床上起身，轉頭，和他面對面看著彼此。

看到賽勒，朱諾似乎並不驚訝，賽勒也是。

針黴雙子衣著整齊，他們西裝筆挺，沉默而嚴肅地坐在他們內心用來窺探他人回憶時的小房間之中，再次面對面。

「我沒想到你竟然真的這麼做了，兄弟。」朱諾坐在小床上，面對著賽勒說。這次他的情緒非常平靜，沒有像之前那般憤怒跳腳。

賽勒沒有回話，他安靜地看著朱諾。

隨著腹部被切割的疼痛變得越來越劇烈，他們倆的祕密小房間開始不斷膨脹著。

牆與牆之間的距離被拉遠，地板和天花板變得空曠與開闊，原本距離只差一個手臂的賽勒和朱諾也被拉離對方。

「這真的是你想要的？」朱諾又問。

「這不是你想要的？還是你想待在我身邊，看著我逐漸變得強大，而你慢慢變得虛弱又無助？」賽勒問。

「我以為你至少會留著你的兄弟在身邊，並想盡一切辦法保護你的兄弟，就算他變得虛弱又無助。」

「我以為我們討論過這個話題了。」賽勒輕嘆，他和朱諾的距離越拉越遠。

頭頂上的窗戶，那些顯示著他們童年回憶的窗正逐一暗下，每一扇窗裡出現的，都只剩下瑟兒的影子。

使魔從窗外望著他們，牠開始用牠那古怪如同鼓聲般的歌聲唱著歌。

「我累了，朱諾，保護你是一件很疲憊的事，尤其是在你故意找麻煩的情況下。」賽勒說，「我受夠了。」

「所以你要想盡一切的辦法將我們分開，你要丟下我，還要搶走我們的使魔？」朱諾握緊拳頭。

「對。」賽勒的態度決絕。

「我是你的雙胞胎兄弟，血濃於水，共用一個靈魂……」

「再也不是了。」

賽勒不懂朱諾為什麼這時候還要和他廢話這麼多，畢竟這麼多年來，他的兄弟才是那個表現得像不在乎一切的人。

「這麼多年來你都只是想利用我而已嗎？」朱諾說。

賽勒皺眉，他這麼多年來為兄弟的付出，換來的就只有這樣的一句話？

「我說過我給你警告已經是最後的仁慈了，朱諾。」賽勒說。他們曾經共享的房間逐漸成為一個空無一物的空間，只剩下打開的窗和兩張距離遙遠的床。

腹部傳來的疼痛漸漸減輕，不知道是不是心理作用，賽勒整個人都感到更輕鬆了。

在這麼多年之後，那種總是和某人緊緊相連，形影不離的窒息感終於獲得緩解。

賽勒由衷地鬆了口氣，他知道分靈手術很順利，而且即將結束。

「再見了，朱諾，好好保重。」

「等等，賽勒……至少把瑟兒留下，算我求你。」朱諾將臉埋進手掌裡，他看起來孤獨又無助。「沒有瑟兒的話，我就什麼都不是了。」

從前賽勒會不顧一切地幫助他的兄弟，替他的兄弟除去任何眼前的敵人；但賽勒已經不會再上這種當了，因為他已經不再在乎他的兄弟。

「抱歉了，朱諾，但決定權在瑟兒。」賽勒說。

瑟兒出現在窗戶後面，針蠍們看著牠一一走過，從朱諾身後，再到賽勒的身後。

最後，連窗戶都消失了。瑟兒出現在賽勒身後，頭下腳上地站在上方，牠似乎已經決定好了要以誰做為巢穴。

賽勒看了眼瑟兒，腹部的疼痛只剩下局部，這表示再過幾分鐘他將和朱諾徹底分離。他起身，抬頭對著使魔說：「時間差不多了，瑟兒，請歸巢吧，從今以後，我就是妳的……」

「你真的是個王八蛋，賽勒。」朱諾忽然笑了起來，他的笑聲打斷了賽勒對瑟兒的召喚。

「有比你還王八嗎？」賽勒冷冷回嘴。朱諾在拖他的時間，如果有必要，他不介意讓瑟兒教訓牠的前父親一頓。

朱諾抬起臉來，他瞪向賽勒。

「知道嗎？瑞文說得對，我對你來說根本一點都不重要，還在意分靈手術會不會把我們完全分離的我真的是個傻子。」

「瑞文？」賽勒瞪大眼，「你跟血鴉一直有在連絡？」他頓時想起了當他讓蠍子替他去偵查朱諾的下落時，那個沒讓他看到真面目的男人。

「對，我們一直有在聯絡。」黑暗裡，年輕男人的聲音響起。

賽勒看著朱諾身後伸出一隻手，搭在他的肩膀上。那個一直沒讓他看到面容的男人從暗影裡浮現，出現在朱諾身後。

「好久不見，賽勒。」瑞文微笑。

「瑞文。」

賽勒一直在猜測朱諾最近究竟都和誰混在一起，他原本以為是他那些狐朋狗友，卻沒想過竟然會是最糟的傢伙……失蹤了這麼多年，那個男人竟然回到了靈郡。

「你為什麼會在這裡？」

「回來拿點東西。」瑞文說，「順便幫朋友一點忙？」

「你才不是他的朋友。」賽勒冷哼，他看著朱諾，「你竟然相信這傢伙，選擇投靠他？我真是不敢相信你有多蠢，朱諾。」

「不然要投靠你嗎？你要不要看看現在是什麼情況。」

「你以為投靠瑞文情況會好到哪裡去？」

「那就看看接下來他能不能替我搶回我的東西了。」朱諾對著賽勒挑釁地微笑。

賽勒身上忽然猛起雞皮疙瘩，原本空無一物的黑暗空間變得十分壓迫。他瞪著朱諾和瑞文，瑞文身後的黑暗之中似乎有什麼看不見的東西在湧動。

「瑟兒。」瑞文抬頭望向他們的使魔。

賽勒覺得可笑，「別妄想打瑟兒的主意……」

「你是誰？」然而瑟兒卻回話了，牠看著瑞文，還有他身後的無盡深淵。

「你後面的……又是誰？」

「瑟兒。」瑞文又喚道，「跟著我，跟著朱諾，妳的另一個父親。」

賽勒抬頭，他的瑟兒竟然猶豫了。使魔身上傳來了指甲喀喀喀碰撞的聲音，他發現他的使魔正在恐懼……或興奮？

瑞文身後的到底是什麼東西？

「不！瑟兒，跟著我！我才是妳最強悍的父親！」賽勒對瑟兒吼道。

「瑟兒，過來。」朱諾說，「跟著我們，妳知道誰才是真正強大的那一方。」

古怪的紅光乍現，賽勒看見瑞文背後出現的影子有一對巨大的翅膀，頭上還長著兩根長長的角。

模糊的影子越發巨大，幾乎將他們整個籠罩住。那東西輕輕吼了聲，整個空間都在震動。

在自己的地盤裡，賽勒一時竟有些站不穩。他踉蹌了幾步，一回神，瑟兒已經離開他身邊了。

「瑟兒！」賽勒看著出現在朱諾上方的使魔。

「抱歉，父親，但我必須選擇強壯的巢穴……」

賽勒不理解這一切的走向怎麼會變成這樣，更糟糕的是，在瑟兒選擇朱諾的那瞬間，他感覺身體變輕鬆了，彷彿擺脫了沉重的枷鎖般。

同樣的，朱諾也是，他長舒了口氣，說道：「如你所願，賽勒，從此我們分道揚鑣，不再是一體。」

一股力量忽然將賽勒往下拖移，他就像穿著浸飽水的衣服，身體不斷向下沉。

賽勒往身下一望，在他腳底下的，竟然是不斷閃著綠光的地獄邊緣。有東西從下面游了上來，並且不斷將他往下拉。

什麼？外面到底發生了什麼事！

「朱……」賽勒的話還沒說完，人已經淹沒在黑暗之中。

「瑞文，差不多了！貓咪要把我的靈魂給喚醒了。」朱諾轉過頭去提醒。

瑞文點點頭，他身後的影子拍了拍翅膀，帶著兩人和使魔消失在黑暗之中。

黏連在兩個像胎兒的靈魂中間的光絲盤根錯節，像植物的根部一像緊緊纏繞著對方。

榭汀緊握著閃著藍焰的手術刀，俐落仔細地將那些光絲一一切割開來。

丹鹿專心地看著榭汀的手術，呼吸都不敢太大力，只有柴郡不停發出呼嚕呼嚕聲。

格雷和威廉也相當安分，安分到丹鹿幾乎就要忘了他們的存在。

兩個連體嬰般緊密相連的靈魂在榭汀的分割之下，逐漸出現了分離的空間。靈魂和藍焰的煦煦亮光，像聖誕樹上的小燈泡一樣，將昏暗的溫室照耀得閃閃發亮。

「乖小羊，放開手，別猶豫——從此之後你們將永遠分離，不再纏繞。」榭汀不斷呢喃著，直到他小心翼翼地將最後一絲光線切開。

像臍帶般纏繞著兩個幼小靈魂的絲線終於全數被切斷，榭汀用藍焰灼燒著靈魂們被切開的腹部，一邊喊道：「鹿！準備好，他們的靈魂要分別回到身體裡去了。」

「好！」丹鹿從柴郡的懷抱裡掙脫而出，他一把抓住那個關了朱諾很久的玻璃罐迎上前。

榭汀將手術刀上的藍焰用手指捻熄後，拔下插在賽勒喉結上的骨針，俐落地用骨針戳著其中一個被分離的靈魂。

靈魂被骨針又戳又攪，像蓬鬆的棉花糖一樣纏成一團，緊緊攀附在骨針之上。

「分離的小羊，跟隨著星火，回到你的羊圈去。」榭汀將纏繞著靈魂的骨針再度插回賽勒的喉頭上，靈魂則緩慢地爬回了軀體的嘴裡。

丹鹿嘖嘖稱奇，他抬頭看了眼，連格雷和威廉都被吸引過來了。

「分離的小羊們，跟隨著星火，回到你的羊圈去。」榭汀這次用假朱諾的骨針戳著剩下的那團的靈魂，同樣的步驟重複一遍。

在靈魂爬回去假朱諾的嘴裡後，假朱諾的身體開始不斷顫動。

「怎麼了？」丹鹿問。

「靈魂真正的肉體正在把靈魂拉回去，這具假肉體很快就會四分五裂。」

榭汀將骨針緊緊往假朱諾的喉嚨深處插入，「快拿好你的玻璃罐，朱諾的靈魂碎片等等也會爬出來，這次抓住它，朱諾就沒轍了。」

丹鹿點點頭，拿著玻璃罐在假朱諾的嘴邊接著。

那個用白蘿蔔泥製成的假人不斷震動著，還一下整個斷裂開來，白蘿蔔的汁液像臟器和血液一樣汨汨流出。

黑色的蠍毒和靈魂碎片逸散而出，緩慢地爬出假人的嘴。

「鹿！快點，抓住它！」

「好！」

榭汀用骨針插入朱諾的靈魂碎片，驅趕著它們重新進入玻璃罐內。

這時一直在旁邊待命的格雷卻忽然出聲了，他對著威廉喊道：「威廉！就是現在。」

榭汀和丹鹿一臉莫名其妙地抬起頭察看是什麼狀況。只見威廉閉上了眼，待他再張開眼時，一隻蒼蠅從嘴裡飛了出來，一路飛向賽勒，並直直衝進昏迷中的賽勒口中。

「威廉！你在幹什麼？」榭汀手裡的動作才進行到一半，他滿臉困惑地望向威廉。

臉色凝重的威廉和格雷無人應話。

格雷緊盯著正忙著接朱諾的靈魂碎片的丹鹿，榭汀剛覺得大事不妙，他便毫無預警地衝向他們兩人。

「格雷！你發瘋了嗎？停下來！」丹鹿急喊道。

然而「格雷」沒有停下來的意思，他的身型更在瞬間變得強壯而巨大，直接繃裂了他的教士服。

一頭巨大的郊狼出現在他們眼前。

「搞什……」丹鹿還沒搞清楚狀況，郊狼便朝他直奔而來。

「柴郡！」榭汀的話音剛落，原本正撲向丹鹿的郊狼立刻被一股力量甩了開來。

郊狼對著空氣發出低沉的威嚇聲，空氣裡則是慢慢顯現出一對尖銳的獠牙。

深藍色的大貓一邊笑著，一邊站到郊狼面前，牠炸著毛，看起來巨大又駭人。

「很有趣啊，我第一次看到變形者。」柴郡的爪子在地板上敲著，「不知道好不好吃呢？」

「格雷是變形者？」還搞不清楚狀況的丹鹿問。

「不……那根本不是格雷。」榭汀瞪著眼前的郊狼，「格雷絕對沒有這種能耐。」他趁著柴郡箝制住了假格雷，將朱諾的靈魂碎片硬塞進玻璃罐，並讓丹鹿幫忙塞住瓶口，鎖死。

耗費這麼多功夫，他們終於完整地抓到了朱諾的靈魂碎片。丹鹿正想歡呼，卻聽到威廉喊著：「亞森！他們取出朱諾的靈魂碎片了！」

聞言，那隻被柴郡擋住的郊狼立刻壓低前身，作勢要攻擊使魔。

「區區變形者也想挑戰我嗎！」柴郡發出了可怕的嘶吼。

對於使魔來說，男巫想用那弱小的巫術攻擊自己簡直是個天大的笑話，眼前的郊狼之於牠，就彷彿螻蟻之於巨人。

在柴郡的威脅下，被喚作亞森的郊狼沒有絲毫退卻，牠匍匐一躍，撲向柴郡。

柴郡咧起利牙、舉起前爪，打算將郊狼撕裂。狡猾的男巫卻在碰上牠的那一瞬間變形成一隻麻雀，撲騰著翅膀從牠的臉邊滑過，勁直衝向抱著玻璃罐的丹鹿。

丹鹿看著朝他衝過來的小麻雀轉瞬間又變成巨大的郊狼，他和榭汀一下子反應不及被撲倒在地。

裝著靈魂碎片的玻璃罐連帶著被摔飛出去。

被戲耍的柴郡更火大了，在亞森試圖衝去搶奪那瓶玻璃罐前，牠隱身並出現在亞森上方，一口咬住了亞森的皮毛將他摔出去。

「臭男巫！我要吞掉你！」

柴郡再度出現在被摔癱在地的亞森身上，原本體型已經夠大的郊狼在柴郡身下，看起來就像隻幼小的狼犬。

「鹿！」榭汀趁著空隙對丹鹿喊道。

人還在暈的丹鹿爬起來，伸長手去搆玻璃罐，卻聽到威廉喃喃道：「敲敲門。」

「威廉！你……」榭汀不可置信地瞪向威廉。

眼前的這個威廉就像變了個人似的，他召喚著自己的使魔，毫不猶豫退怯。而那個平常總是會和他父親討價還價的難纏使魔，這次什麼話也沒說就爬了出來。

才剛要拿到玻璃罐的丹鹿滑了一跤，他整個人像被翻轉了一圈，陷入地面，然後又被拉出地面。

丹鹿跪趴在地上，不知道發生了什麼事的他一抬頭，發現他們仍然在榭汀的溫室內；只是溫室此刻被一股詭譎的綠光籠罩著，周圍的植物像是被瀝青澆灌過似的，泥濘而焦黑。

威廉的背後出現了一名巨大的使魔，牠翠綠色的長髮像海草一樣飄盪在空中。

「發生什麼事了？那傢伙到底是什麼東西……我站不起來。」彷彿有股沉甸甸的重量壓在丹鹿身上，他發現自己雙腿發軟，難以呼吸。

「鹿！別動，這是你第一次見到其它使魔，你需要時間適應。」榭汀警告。現在移動的話對身為普通人的丹鹿太過勉強，他擔心他會直接暈厥。

然而還沒擔心完丹鹿，在詭譎的綠光裡，黏膩的黑色觸手忽然伸出，像條大蛇般緊緊纏住了柴郡的頸子和身體。

原本被壓在地上的亞森爬了起來，他幻形成一條鱷魚，爬向了朱諾的靈魂碎片。

榭汀機警地伸出雙手一抬，鮮活的綠色藤蔓勉強從泥濘的焦黑中竄出，纏住了亞森；可是亞森卻不斷地變換形態，試圖逃出箝制。

與此同時，緊緊纏住柴郡的黑色觸手已經將牠整個包圍住。

「嘻嘻嘻，小貓咪，我要把你捏成球。」威廉的使魔伏蘿發出了討人厭的笑聲。

威廉操縱著使魔的神態是如此的輕鬆愜意。

「柴郡！」榭汀喊了聲。

黑色的觸手在一陣用力的揉捏之後才鬆開來，但它們看起來就像困惑的蛆群，不斷扭動身體。

預想中被捏扁的毛球沒出現，只剩一團空氣。

柴郡重新出現在觸手上方，凶猛地嘶嘶叫著，牠伸出爪子將伏蘿的黑色觸手們殘忍地斬斷。

柴郡安然無恙，榭汀的眉頭卻依然緊擰，因為情況仍然對他們相當不利，他無法分心同時對付兩個男巫和一隻使魔……

說時遲那時快，丹鹿的腳下，甚至是全身赤裸、連帶著被捲進來的昏迷中的賽勒身下，都出現了湧動的黑色觸手。

榭汀分神保護他們兩人的同時，一不留神讓化身為渡鴉的亞森跑了。

渡鴉亞森抓緊機會俯衝向玻璃罐，才剛要撲上榭汀他們費盡千辛萬苦抓到的朱諾的靈魂碎片，卻被忽然現身的巨大黑豹一掌拍了下來。

榭汀轉頭一看，噁心泥濘的植被之中，漂亮豐美的綠草和花朵從某個角落茂盛地生長出來。另一頭，黑色的大豹領著牠的女巫走入。

蘿絲瑪麗左右看了眼周遭的環境，她看向威廉頭上的伏蘿，一臉嫌惡，

「你把我孫子的辦公室弄得髒死了。」

CHAPTER 8

血鴉

威廉沒想過自己有一天居然會面臨這種場面。

在他發現萊特不在現場時，還偷偷鬆了口氣。

如果只要面對榭汀和丹鹿，事情或許會簡單一些。

但為什麼蘿絲瑪麗偏偏要選擇在這種時候出現呢？

「威廉。」蘿絲瑪麗站在花草堆中，像站在她漂亮的小花園裡一樣。

「蘿絲瑪麗。」威廉頷首。

即便現在站在了對立面，對於這位年長的前輩，威廉依舊習慣性地保持著該有的禮節。他對蘿絲瑪麗沒有任何怨言，老人家對他一直很冷淡，但也不曾嘲笑他。

威廉不喜歡蘿絲瑪麗，卻也不討厭蘿絲瑪麗。

蘿絲瑪麗就靜靜地站在那裡，彷彿已經知道了所有事情的來龍去脈，她什麼也沒問，只說了句：「別做傻事。」

一隻黑色的大豹坐在她身前，然後另一隻一模一樣的黑色大豹也坐到了她的身前，接著更多隻大豹成群地坐在她身前，像護衛隊一樣。

「抱歉，蘿絲瑪麗，但我只是想帶走那罐靈魂碎片而已。」威廉說，他的態度從沒這麼堅定過。「讓我帶走那罐靈魂碎片，我就不會傷害任何人。」

「為什麼要帶走那個朱諾的靈魂碎片，誰指使你這麼做的？朱諾？」蘿絲瑪麗沉默了片刻，又問：「還有個人在背後沒露面，對不對？」

可以的話，威廉並不想傷害到這位老人家，可以的話……

「請把靈魂碎片給我。」威廉重申，「拿到碎片我就會離開。」

「離開之後你打算去哪裡呢？你想永遠離開黑萊塔？」蘿絲瑪麗問。

「這裡已經不是我可以待著的地方了。」威廉說。

「誰跟你說了什麼，是嗎？」

「威廉，別再跟她多說了，她在拖時間。」赤裸著身體的亞森從地上重新爬起，使魔差點把他拍昏了。他擦掉重擊後流下的鼻血，再次幻化成一隻郊狼。

「蘿絲瑪麗，我再說一次，把碎片給我。」威廉給出最後的警告。

暹因的其中一隻分身叼著裝有碎片的玻璃罐來到蘿絲瑪麗身邊，而蘿絲瑪麗和正在攙扶丹鹿起身的榭汀同時說了句：「不。」

威廉深吸一口氣，他凝視著站在眼前的暹貓祖孫二人，還有他們虎視眈眈的使魔們，又轉頭望了眼站在他身旁亞森。

若是以前，威廉絕對沒有自信能一個人面對暹貓家的女巫和男巫，不過現在他不是一個人……

「伏蘿。」威廉喊了聲使魔的名字。

「是的，父親。」伏蘿展現了前所未有的乖巧。

「拖住他們，把靈魂碎片搶回來。」威廉下令。

「醒醒，朱諾，該走了。」

朱諾從黑暗中清醒過來，他就像從水裡被打撈上來似的，不停大口大口地吸著氣。有人動手拍打著他的臉。

腹部殘留的隱隱疼痛讓他的記憶模糊又混亂，腦海裡不斷出現賽勒被拉下地獄邊緣的畫面，偶爾卻又會出現他和賽勒的孩提時代的畫面。

「醒醒，朱諾，你和賽勒已經是過去式了……」那個拍著他臉頰的人又說，他的手掌輕輕按壓在他的腹部上，稍微舒緩了一些疼痛。

但朱諾依然感覺到有東西在腹部裡移動，他有段時間沒感受到這股力量了，因為牠總是待在另一名父親的腹部裡。

「瑟兒在你這裡，不用擔心，現在的賽勒才是沒有使魔的人……」那個扶著他的男人將某個東西遞到他嘴邊，然後輕聲哄著他：「來，輕輕吸一口。」

朱諾聽著他的話吸了一口，帶著異香的熱氣漫進了他的鼻腔和口腔，一路竄到他的腦裡。

朱諾吞了口唾沫，意識逐漸清醒，他疲憊疼痛的身體也慢慢復甦過來。

「瑞文……」朱諾看向抱著他的瑞文，對方正在捻息手中的白鴉葉菸。

朱諾搖晃著腦袋坐起來，他按著自己的腹部，一臉驚訝，「瑟兒真的在我這裡。」

「對，我是不是說過？答應你的事情，我一定會完成。」瑞文微笑，他拉起沙發上的朱諾。「現在我們還有另外一件事要完成，記得你要做什麼嗎？」

「我知道。」朱諾伸展身體，「跑。」語畢，在陌生人的屋子裡，他開始快步往客廳的牆面走去。

隨著朱諾的步伐，原本平凡的客廳，陳設開始變動，牆面一下變成空曠的街道。

「快跟上，瑞文。」朱諾向街道走去，頭也不回。

瑞文準備跟上，只是在跟上之前，他好心地回頭，對著屋子的女主人打了個響指。

女主人清醒過來，她癱軟在地，看著兩個莫名其妙出現在她家裡的男巫走入牆內，然後消失不見。

房裡只留下一堆燒盡的蠟燭、一把刀，還有一小灘不知道是誰的血水。

隨著使魔經過，空間不停變化著。

黑色的觸手不斷從泥濘的地上竄出，像巨大的章魚爪，用力纏住黑色的大豹。

黑豹被揉捏變形，肢體被撕裂，血水湧濺；但很快的，另一隻黑豹從後方撲上，伸出爪子和利牙，斬斷了那些黏膩噁心的觸手。

暹因所步行過的地方不停長出新鮮的嫩芽和茵茵綠草；然而一旦伏蘿再次從地底下游過，那些茂盛的植物便會立刻被焦黑的黏液重新覆蓋。

另外一邊，柴郡正追著伏蘿跑。狡猾的使魔不斷在地底下移動，把自己當成貓咪玩具似的，一路引誘著柴郡追逐。

幻形成郊狼的亞森朝蘿絲瑪麗的方向衝來，不屈不撓地打算搶奪她手上的靈魂碎片。

見狀，蘿絲瑪麗伸手輕輕一揮，綠色的藤蔓變從暹因踏足過後變得生機盎然的地面不斷伸展而出，形成了絆住亞森的牢籠。

亞森再度幻形成老鼠，試圖鑽出藤蔓。

榭汀沒給他機會，他打響手指，蘿絲瑪麗的藤蔓開始燃燒藍色的烈焰。火海團團包圍了亞森，讓他走投無路。

對彼此冷冷淡淡的祖孫倆在這種時候倒是配合得特別好。丹鹿心想，身為督導教士的他卻還在為了周遭環境巨變和地底那隻使魔而過度呼吸，好不容易才稍微能站直身體，這實在是很丟臉。

萊特都沒遇過這個問題嗎？丹鹿腦袋混亂地想著，他努力站穩，然後扶起滾落在地上的賽勒。

「賽勒！喂！醒醒啊！」丹鹿拍著對方的臉。男巫的臉色死白，像具假人一樣沒有動靜。「榭汀，他醒不過來！」

「威廉動了手腳……」榭汀的話還沒說完，眼前唐突地冒出了大量的蟾蜍。

蟾蜍們紛紛跳上熊熊燃燒著藍焰的藤蔓，奮不顧身地犧牲自己溼漉漉的肉體來撲滅火勢。

「威廉那傢伙以前有這麼難纏嗎？」榭汀問。

蘿絲瑪麗搖頭，「他背後有人在指導他。」

「誰？」

亞森再度從被撲滅的燒焦藤蔓中竄了出來，這次他幻形成鷹隼，直接俯衝。榭汀拿出骨針，他輕輕一吹，冒著火的骨針從空洞的眼眶裡對亞森噴發出了大量藍綠色的火焰。

閃躲過火焰的亞森擦撞在地上，蘿絲瑪麗正準備出手，用長滿荊棘的藤蔓一次擰死亞森，威廉卻大喊了聲：「伏蘿！」

地面在震動，丹鹿往下一望，詭譎的綠光在黑暗的地面中乍現，地板忽然突起膨脹，彷彿巨大的黑色泡泡，將蘿絲瑪麗和榭汀他們分開來。

渾身長滿鱗片、面容如同威廉般美貌的使魔，現身在被孤立起來的蘿絲瑪麗面前，牠咧起長滿利齒的嘴。

蘿絲瑪麗並沒有懼色，她仰頭看著伏蘿，輕輕挑眉，眼神充滿鄙視。

伏蘿張大了嘴打算把女巫吞掉，一股重量卻忽然落在牠肩上。

咯咯咯的討厭笑聲傳來，空氣裡浮現的是晃著尾巴的人形柴郡。

「抓到你了！」牠說，並且併攏五指伸出利爪，毫不猶豫地刺穿了伏蘿最在意的臉。

使魔的臉被劃爛，綠色的血液噴濺著。

同樣變回人形的暹因及時出現抱走了蘿絲瑪麗，只可惜她漂亮的鳥籠裙仍然濺上了一些髒汙。

「抱歉，我會賠妳一件。」暹因還有心情和蘿絲瑪麗打趣。

「用我的錢賠我？」蘿絲瑪麗白了自己的使魔一眼。

「看妳想要我用什麼賠妳。」暹因眨眼。

蘿絲瑪麗微笑，寵溺地輕拍著自己使魔的背，「結束後再說吧，我們還有事情要處理……」

被弄爛臉的伏蘿幾乎陷入狂暴，整個空間都在震動，不穩定地在各種使魔的房間內變動著。

下一秒，暴怒的伏蘿開始胡亂地攻擊柴郡。和剛才的情勢相反，柴郡成了那個逗著伏蘿玩的角色。

變成人形之後反而更加靈敏、易於躲藏的柴郡，不斷在各種地方浮現和隱身。伏蘿試著要抓住對方卻不斷落空，還讓柴郡有機可趁。

柴郡不斷地出現在伏蘿身邊，用利爪刺穿牠的腹部或背部，這逼得伏蘿不得不再次隱地遁逃。

然而除了柴郡之外，暹因的分身也開始對伏蘿緊追不捨。

眼見威廉被暹貓家的祖孫漸漸逼到角落去，亞森勉強著自己起身，這次他幻形成和暹因一模一樣的黑色大豹，打算混入其中。

「暹因。」注意到這件事的蘿絲瑪麗開口提醒。

暹因立刻收起自己所有的分身，把正準備走向蘿絲瑪麗的亞森單獨暴露了出來。

「休想得逞！」離亞森最近的丹鹿喊道，不顧自己的貓科恐懼症，他衝上去就要制止變形者。

「鹿！」

「榭汀！兔子長耳朵！」

丹鹿看了眼榭汀，榭汀立刻用力打了個響指，地上隨即冒出堅韌的藤蔓，讓丹鹿抓了就跑。

面對朝他嘶吼的巨大黑豹，丹鹿抓著藤蔓從牠身下滑過，然後他開始——

「兔子長耳朵，穿過樹底，鑽過地洞。」

束縛大師丹鹿俐落地在榭汀的配合下，一勒二綁三束地將亞森給五花大綁起來。

「這次跑不掉了吧！」丹鹿坐在亞森身上，就算亞森不斷變換著形態，他也有辦法將繩子不斷束緊。

亞森最後變成了一隻渡鴉，已經完全無路可逃，被丹鹿牢牢抓在掌心裡。

「很厲害嘛。」榭汀鬆了口氣，稱讚著丹鹿。

「還好啦，畢竟本來學習這些技能就是要用來對付巫族的。」丹鹿的鼻子翹得老高。

「我還以為是要用來做別的事……」榭汀捏著下巴，意有所指。

「才不是！我們在神學院裡學的都是……」

伏蘿的尖叫聲打斷了兩人的對話。

丹鹿一抬頭就看到匍匐在地面、渾身血淋淋的柴郡，不過那些血都不屬於牠。

伏蘿的身上和臉上都是被利刃劃過的痕跡，牠的腹部受到重創，腥黏的液體向外流淌。相較之下，柴郡正用手洗著臉，愉悅地舔拭著自己沾了血的毛髮，殺戮似乎讓牠非常興奮。

「別舔那種髒東西。」榭汀斥責著柴郡，牠卻還是嘻嘻地搖晃著尾巴。

「你們會為此付出代價的……」伏蘿按著自己的臉，發出了哭聲般的難聽叫聲。

「放馬過來。」柴郡舔拭過的爪子鋒利無比。

暹貓祖孫的使魔們不斷地逼近伏蘿，也將威廉逼進角落。

「威廉，你最好解釋一下你為什麼會忽然發瘋。」榭汀神色嚴肅地走上前，警告著臉色鐵青的鳴蟾男巫，「你的所作所為已經不是黑萊塔內部罰則就能處理的問題，這會把你直接送上異端審判庭，你知道嗎？」

威廉當然知道，從他答應瑞文留下的那一刻，他就很清楚會有什麼後果。

「我不在乎，黑萊塔和教廷對我來說已經沒有任何意義了。」威廉說。

「父親……」伏蘿躲在威廉身下。

一大群蟾蜍不斷前進，想制止榭汀的逼近，但全被榭汀用一把藍焰燒掉了。

「我不想把事情弄得太難看……威廉，我再給你一個機會，如果你不想被五花大綁的話，叫回你的使魔，然後乖乖聽話。」

「不。」威廉拒絕了。

「那就別怪我不客氣了。」榭汀抬手，藤蔓從他腳下向威廉的方向延伸。

威廉退後，直到再也無路可退。倏地，一隻蠍子爬過他的頸後，而蘿絲瑪麗手裡的靈魂碎片也開始焦躁不安地冒著疙瘩和漣漪。

蘿絲瑪麗看著懷中的靈魂碎片，她皺眉，抬起頭來就對著榭汀喊：「榭汀！退後！」

一眨眼的時間，威廉身後不再是泥濘的牆面，一陣亮光閃現，大群渡鴉湧入，將榭汀、蘿絲瑪麗和丹鹿幾乎淹沒。

忽然出現的渡鴉群讓一行人措手不及。

渡鴉們像失去理智般，用自己的身體不斷衝撞著他們。

「父親！」柴郡現身擋在榭汀面前。

顧不得自己已經被一群自殺渡鴉弄得渾身狼狽，待在柴郡身後的榭汀往後望去，不斷喊著：「鹿！」

但丹鹿和蘿絲瑪麗完全被淹沒在了渡鴉海裡。

在龐大渡鴉群的攻擊之下，丹鹿被撞倒在地，丟失了手上被藤蔓綁縛住的亞森。

丹鹿想把亞森抓回來，本來就幻形成渡鴉的亞森卻趁機混進了渡鴉群裡。

「該死的！」

在渡鴉不斷的衝撞下，丹鹿被劃傷了臉，腦袋也被撞得暈眩不堪。這逼得他不得不抱頭蜷縮起身體，緊緊貼住地面。

渡鴉的攻擊不知道還要持續多久，就在丹鹿懷疑著自己會不會被渡鴉搞死時，攻擊突然趨緩了些許。

丹鹿小心翼翼地抬起頭，毛茸茸的身軀從他上方蹭過，原來是蘿絲瑪麗和暹因前來替他擋住了攻擊。

暹因的嘴裡還叼著全身赤裸、被渡鴉攻擊得到處是傷，依舊昏迷中的賽勒，牠不屑地把他吐在丹鹿身邊。

「蘿絲瑪麗奶奶……您還好嗎？」丹鹿急著關心。

「別吵，小老鼠，聽我的話，先遮住耳朵，好好保護自己。」蘿絲瑪麗看上去毫髮無傷。

丹鹿不解，但還是聽話地遮住了耳朵。

下一秒，暹因開始發出低沉的呼嚕聲，不遠處的柴郡也是。兩隻大型的貓科使魔發出了同樣頻率的呼嚕聲。

待在暹因腹部下的丹鹿看見黑豹渾身毛髮炸起，那股低沉的聲音開始震進他的胸口，讓人十分不舒服。

忽然間，暹因和柴郡同時發出了駭人的嚎叫聲，如同威嚇敵人的貓咪。

儘管丹鹿已經捂緊了耳朵，那股聲音還是弄得耳膜一陣刺痛。他閉眼，咬牙縮緊身體，直到暹因和柴郡的吼叫聲同時停下。

等丹鹿再度張開眼時，那些四處衝撞的渡鴉開始不斷墜落，就像下了一場黑色的大雨，地上堆滿著顫抖僵直的渡鴉軀體。

丹鹿戰戰兢兢地放下雙手，使魔們駭人的嚎叫聲已經停止，但暹因身上的敵意卻未見趨緩，連蘿絲瑪麗的臉色也變得凝重，

丹鹿從暹因身下爬了出來，攀著黑色大豹，他看往威廉的方向。

原先被逼到角落的威廉身後多出了兩名男巫，他們一左一右地站在他身後，一派輕鬆愜意的模樣。

看到其中一個傢伙的時候，丹鹿不自覺地打了個冷顫，生理性地反胃起來。

「好久不見，寵物。」朱諾舉起他擦著漂亮指甲油的手揮了揮。

「他不是你的寵物，朱諾……」榭汀站了出來，冷冷地瞪著朱諾。

「太狼狽了，小貓咪，不過是信使而已，就把你們弄成這副德行，待會怎麼辦？」朱諾咯咯笑著，他看了眼威廉和他腳下的使魔，「不過你也把我們的小朋友弄得挺慘的啊！」

榭汀沒有回話，他將注意力放到了另一名站出來的男巫身上，因為他已經

不知道有多少年沒見過這個男人了。最後一次見到對方的時候，差不多是十年前。

看著那有著一頭黑髮、招牌紅眼睛的俊美男人，榭汀感到既陌生又熟悉。多年不見，男人長高也長得更成熟了，已經不是當年那副青澀的少年模樣。

「瑞文。」榭汀喊出了對方的名字。

「榭汀。」對方也喊出了他的名字。

榭汀不能理解，為什麼這個失蹤了十年左右的男人，會在這個時間點重新出現在黑萊塔；然而他的再度出現，卻又在一瞬間解釋了很多事情。

「……是你。」遲疑了短短幾秒，榭汀恍然大悟，「寂眠谷、羊皮莊的那些巫術都是你下的。」

「你還是和以前一樣，反應很快吶，榭汀。」瑞文微笑，態度從容地看著榭汀，「不過人倒是長高了不少。」

「你為什麼……忽然回來了？」柯羅知道這件事嗎？榭汀來回看著威廉、朱諾和瑞文。這三個人又是什麼時候湊在一起的？他有太多疑問了。「你回來的目的是什麼？」

「我回來的目的是什麼？」瑞文笑出聲來，彷彿榭汀早就該知道答案，他轉頭看向一旁的蘿絲瑪麗，「我想你們很清楚我是為了什麼而回來。」

榭汀順著瑞文的視線看去，蘿絲瑪麗的表情並不訝異。

「妳可能也算到我會回來了。」瑞文對著年長的女巫頷首。

「我只算到了壞運會降臨，卻沒想到是你。」蘿絲瑪麗說。

「怎麼會沒想到是我呢？奶奶妳窩在黑萊塔裡，和教士們相處太久，也學會了逃避這個壞習慣嗎？」

一旁的丹鹿看著眼前這名和暹貓祖孫你來我往的陌生男巫。對方將雙手交疊在腹部前，站得直挺挺的，沒表現出半點敵意或侵略性，卻散發著某種讓丹鹿知道自己不該輕舉妄動的氣場。

這個就是瑞文？被教廷禁止談論了多年的血鴉瑞文？

「我知道奶奶妳年紀大了，但我相信妳的記憶力很好，絕對不可能忘了當年在異端審判庭上發生的事情。」瑞文說，「我當時是不是說過？我說過我會回來，拿回寄放在教廷的一切東西，會讓那些對我們家族做出殘忍事情的教士付出代價。」

「瑞文……」

「我這次回來，是來實現我當年的諾言，還有拿回屬於我的東西。」

「你想要的東西不在教廷裡。」蘿絲瑪麗說。

「我很確信其中兩樣在教廷裡。」瑞文卻很肯定。

蘿絲瑪麗輕嘆了聲，她搖搖頭，「你的弟妹們不是東西，他們不會跟你離開的。」

「等他們知道了真相，他們會的。」瑞文沒有動搖。

「好了！閒話家常太多了，瑞文，別忘了我們的目的。」朱諾打斷他們的對話，順手將前方那隻搖搖晃晃地跳著小步伐朝他們走來的渡鴉撈了起來。

「還有你的小朋友們已經快撐不住了，我們的動作要快點。」

朱諾用手指輕輕撫過亞森身上的傷痕，他小心翼翼地將變形者放進口袋裡。

確認過亞森的狀況沒有大礙後，瑞文看向威廉。威廉的使魔被教訓得很慘，他整個人也因為過度使用使魔而面無血色。

瑞文輕輕按住威廉的肩膀，「你做得很好，你為我們爭取了很多時間，現在帶著伏蘿退到後面，接下來讓我們來處理。」

「他就是這麼給你灌迷湯的？」榭汀對著威廉說。

「你永遠都不會懂的，榭汀。」威廉看著榭汀。他從前曾經想過，男巫對他的情感是不是全部都被他身邊的那隻大貓吃掉了；但後來他認為，或許不是被吃掉了，而是他從來沒對他產生過情感。

沒有猶豫，威廉向後退去。

「現在，在我拿回我的東西之前，我必須先替朱諾拿回他寄放在你們手上的東西……」瑞文往前站了一步，臉上依舊帶著微笑，並且禮貌地向榭汀和蘿絲瑪麗伸出手。「如果你們不介意的話，可以將東西還給我們嗎？」

「休想。」榭汀也往前站了一步，柴郡匍匐在他身邊，危險地低吼著。

蘿絲瑪麗也帶著暹因來到榭汀身邊。

「如果可以，我本來是希望這件事能夠和平解決的，但看來是不行了……」瑞文輕聲嘆息，他看向朱諾。

朱諾站在瑞文的身旁，正凝視著在丹鹿身旁昏迷的賽勒。他希望他那位已經跟他沒有連結的兄弟在地獄裡玩得還算愉快。

「朱諾。」

瑞文一聲令下，朱諾按住腹部，他喊道：「敲敲門。」

溫室內的光線暗下，又變成了另一種不同的風貌。

隨著奇怪的鼓聲作響，兩隻大貓也發出了嘶吼聲。

CHAPTER 9

迷迭香

絲蘭的眼皮跳動著，一股不祥的預感不斷湧上。

他帶著萊特和柯羅在各扇門內穿越，直到他們一路進入黑萊塔的大門。

黑萊塔內一片靜悄悄，什麼聲音也沒有，但這才更顯得古怪。幾隻蜘蛛從屋頂落下，牠們的行動遲緩，看起來像被下了蠍毒。

「發生什麼事了？」萊特問。

絲蘭舉起手要萊特噤聲，他仔細地聆聽著蜘蛛們想要告訴他的訊息，但蜘蛛們只是指了個方向後，沒撐幾秒便一一死去。

絲蘭抬眼望去，沿途竟然全是蜘蛛們的屍體，而且越堆越多。

萊特和柯羅互看一眼，沒人知道究竟發生了什麼事。

「麥子……」絲蘭奔向堆滿了蜘蛛屍體的地方，他不斷喊著：「麥子！麥子！」

無人回應，但在蜘蛛的屍體堆下露出了一截白色的教士服。絲蘭急忙上前，撥開成堆的蜘蛛屍體。

卡麥兒被埋在最下面。

絲蘭將手放到小仙女身上的那一刻心臟都停了，她全身癱軟，沒有呼吸和心跳。蜘蛛們的屍體成堆堆在她身上，似乎是想讓她免於受到什麼東西的侵擾。

絲蘭整個人愣住，他的手掌壓在卡麥兒的頸子上，再次確認她的脈搏。

「醒來！麥子！」絲蘭瞪大眼喊著，不可置信地輕拍著教士的臉。

「學姐！」萊特衝上來，看到完全沒有反應的卡麥兒，連他都跟著手足無措了起來。

萊特把手放到小仙女的胸口，第一個反應就是要先替對方做心肺復甦術，柯羅卻出手阻止了他。

「等等！」柯羅抓住萊特的手。

「這種時候別鬧了！柯羅！小心我殺了你！」絲蘭激動地對著柯羅吼，他緊緊抱著卡麥兒，外貌在一瞬間不穩定地變動著，從孩童到老人。

「不是這樣的，你們看。」柯羅指著一旁的蜘蛛屍體。

蜘蛛屍體腐壞得相當快，牠們的腹部已經開始長蛆，蛆蟲們以極快的速度吃掉蜘蛛的身體並且孵化成蒼蠅。

柯羅蹲了下來，他將手放到卡麥兒的臉上，輕輕翻開她的眼皮。小仙女的眼皮底下是一片混濁的白色，空洞且無神。

「她沒事，只是假死狀態。」柯羅說。

「你怎麼知道？」萊特問。

柯羅沉默了片刻。

「因為這看起來像是威廉的惡作劇巫術，他可以喚醒死者，同時也可以把生者短暫地帶進地獄邊緣。」他說，「記得在寂眠谷時，我和他曾經想對殯儀館員工做的事嗎？」

萊特點點頭。

「就是類似的惡作劇，卡麥兒只是暫時昏死，靈魂正在地獄邊緣徘徊。」

緊緊抱著卡麥兒的絲蘭聞言，整個人鬆了口氣。他輕撫過卡麥兒的臉，差點以為自己又失去了一個很重要的人。

「可是……威廉回來了？他為什麼要做這種惡作劇？」萊特更困惑了。

「不知道。」柯羅聳肩，他將手按上卡麥兒的腹部，對著絲蘭說：「打開她的嘴。」

絲蘭輕輕扳開小仙女的嘴，柯羅則是用力按壓卡麥兒的腹部。

「你輕點！」絲蘭沒好氣道。

「別吵！不壓重一點那隻死蒼蠅不會飛出來！」柯羅瞪了絲蘭一眼，他壓緊小仙女的腹部，輕喃：「別待在你不該待得地方，出來！把靈魂還來！」

語畢，一隻虛弱的蒼蠅從卡麥兒的嘴裡飛了出來，被柯羅抓住，一把捏死。

在蒼蠅被捏爛的同時，原先毫無呼吸心跳的卡麥兒忽然大大地倒抽一口氣。她張開眼，眼珠色澤恢復自然，整張臉也有了血色。

卡麥兒緊緊抓住絲蘭的手，狀態看起來非常混亂。

「深呼吸，麥子，深呼吸。」絲蘭安撫著懷裡的教士。

卡麥兒大口呼吸著，好半天才緩過氣來。平常對一切事情都大而化之的她窩在絲蘭懷裡，竟然哭了出來。

「下面……下面好黑……綠色的閃電一直打，還有好多靈魂……和很恐怖的東西。」小仙女放聲大哭。

「她說的應該是伏蘿，她可能在地獄邊緣裡徘徊一陣子了。」柯羅說。地獄邊緣對於一般人說是個難以承受的地方，畢竟誰希望在世時就先看到未來死亡後可能會徘徊的地方。

絲蘭輕拍著懷裡哭得淅瀝嘩啦的小仙女，表情很憤怒，但他沒讓對方看見他此刻的情緒。他只是輕聲詢問：「記得妳看到那些東西之前發生了什麼事情嗎？」

「我、我遇到了威廉和、和格雷……」卡麥兒抽泣著。

絲蘭、柯羅和萊特互看了一眼，就如同柯羅所說的，那真的是威廉的巫術。

「他們做了什麼？」絲蘭又問。

「我、我不知道……我在找你們的路上遇到他們……格雷看起來怪怪的。」

「怪怪的？」

「格雷、格雷看起來很不像格雷……我說不上來，就是很不對勁……他連榭汀他們的辦公室在哪裡都不曉得。」卡麥兒用絲蘭的衣服擦著眼淚鼻水，「所以我本來想制服他，結果威廉卻……」

絲蘭沉下臉，萊特看見他眼裡都出現了殺意。

這時，又有一批蜘蛛從角落裡簇擁著某樣東西，沿途爬向他們。只是蜘蛛們對於那樣東西的態度看起來比較隨便。

牠們將那團東西往地上一丟，隨後便懶洋洋地四散開來。

萊特起身走上前，那東西看起來骯髒汙穢，身上還沾滿黏液，附著著青苔之類的東西。他走近一看，才發現那團髒兮兮的東西是蜷縮著的格雷。

格雷緊緊閉著眼，表情痛苦。和卡麥兒的狀況不一樣，他渾身僵直，肌肉顫抖，臉色灰白得像是中了毒。

萊特正要抱起格雷，柯羅卻說：「先別碰他，那是蟾蜍的毒液，碰到你也可能會中毒，那種毒會讓人非常痛苦。」

萊特打住了動作，他看著腳下的格雷，心裡的疑惑更大了。看上去威廉對卡麥兒所做的，只是想讓她暫時失去知覺而已，沒有肉體上的痛苦；但對格雷所做的，卻不只如此，還有肉體上的折磨……

威廉為什麼要這麼做？刻意這樣傷害別人……是威廉會做的事嗎？

「威廉現在可能會在哪裡？學姐妳知道嗎？」萊特轉過頭問。

卡麥兒擦了擦眼淚，還沒緩過氣來，她說：「我不知道……但、但是有可能在榭汀他們的辦公室，當時我們正準備要進行分靈手術……」

「分靈手術？」每個人都訝異地抬起頭。

「分靈手術不是應該至少要等到我們回來再開始嗎？榭汀他們為什麼會提早進行？」

「因為假人已經成熟了，而賽勒又急著要進行手術……」卡麥兒揉著眼，又帶著哭腔問：「格雷還好嗎？格雷死掉了嗎？威廉為什麼要這麼做？另外那個格雷又是誰？」

「噓……格雷沒死，不用擔心，我會把他救回來的。」絲蘭哄著卡麥兒，但其他的問題他們無法回答，因為沒人知道究竟發生了什麼事。

這時，刺耳的嘶吼聲傳來，逼得他們不得不遮住耳朵。待那聲音平息後，萊特和柯羅起身，紛紛看往榭汀辦公室的方向。

「絲蘭先生……」卡麥兒拉著絲蘭的袖子，「我擔心有什麼事情發生了。」

絲蘭點點頭，抱緊了懷裡的卡麥兒，他對著萊特和柯羅說：「你們趕快去看看發生了什麼事，這裡我來處理，晚點再和你們會合。」

萊特和柯羅點了點頭，兩人朝榭汀的辦公室直奔而去。

丹鹿快吐了。

榭汀的溫室本該是個寧靜悠閒、長滿奇奇怪怪植物的漂亮地方，怎麼現在變成了這副德性？

「啊！痛、痛！」丹鹿栽在地上，漆黑的地面伸出了無數隻被拔了指甲的人手，不停地抓撓著他，彷彿想把他拉進地面。

丹鹿不斷掙扎著，同時又必須顧及身旁還處在昏迷狀態的賽勒。

柴郡在這時從他上方掠過，使魔從跳到丹鹿身上，不偏不倚地將他和賽勒一起護在身下。牠伸展貓爪，殘暴地斬斷了地面上那些不斷伸出的人手。

「不用謝了，躲好。」柴郡用尾巴猛拍一下丹鹿的腦袋後又消失了。

丹鹿放鬆蜷縮起來的身體，他躺在赤裸的賽勒還有滿地的斷手旁，爬起來之後終於忍不住吐了。

而在他吐得如火如荼的同時，榭汀正忙著對付朱諾這個大麻煩。

「這段期間你們祖孫倆玩我玩得還開心嗎？」朱諾笑嘻嘻地躲過了朝他鞭來的藤蔓，地面下又竄出了大量的人手，替他拉扯住那些藤蔓。

「我覺得遠遠不夠。」榭汀冷著臉朝朱諾走去。

「小貓咪很嚇人啊。」

「我們是該好好算個帳了吧？」

被冒出來的數雙人手拉扯住的藤蔓開始長出亮藍色的帶苞玫瑰，藤蔓上瞬間長滿尖刺，刺入糾纏著它們的手臂。

生長出的藍色玫瑰就像是在吸食那些人手的營養，玫瑰由藍轉紅，嬌豔地綻放開來，手臂則逐漸變得乾枯瘦弱。

藤蔓將變得僵直脆弱的手臂折斷，讓出了路給榭汀。

「你這神經病。」朱諾笑了開來。

「你有臉說我嗎？」榭汀拿出骨針，骨針裡頭的藍焰熊熊燃燒，他招手，「快過來，我要在你身上扎滿針，重新投胎之後你的腦袋就會恢復健康了。」

朱諾翻了個白眼，他退後，蠍子們全數湧上，卻被榭汀的藍焰燒得精光。

榭汀的藍焰一路燒向朱諾，朱諾的使魔瑟兒卻將牠的父親拉上自己的舞臺。

朱諾和榭汀轉變成了上下顛倒的站位。

榭汀瞪著上方的朱諾。

「使魔應該會選擇雙子裡資質比較好的那個，她應該要在賽勒的肚子裡，而不是你身邊……你動了什麼手腳？」

「你怎麼能確定賽勒是資質比較好的那個呢？」朱諾嘻笑著。

「因為你一定是最爛的那個。」榭汀語畢，柴郡忽然出現在空中，高高地撲向琵兒和朱諾。

琵兒發出尖叫聲，只是牠詭異的嗓音聽起來像是劇烈敲打的鼓聲。

榭汀摀住耳朵，使魔和牠的父親們一樣煩人。

柴郡整身毛都炸了起來，牠和琵兒站在同一個水平面，凶猛地攻擊著牠。琵兒也沒有客氣，巨大的螯針從背後探出，不斷地往柴郡身上戳刺。

與此同時，另一邊的蘿絲瑪麗和瑞文卻顯得相對平靜，瑞文甚至沒叫出自己肚子裡的東西。

暹因護在蘿絲瑪麗身前，對瑞文不斷發出低吼。

「蘿絲瑪麗，我今天來只是要請妳把妳手上的那個東西還給我們而已，我並不想做其他的事情。」瑞文的雙手插在口袋裡，輕聲對著蘿絲瑪麗說，「還我吧？還我我就立刻離開。」

「你們對我說話的語氣都好像當我是個垂垂老矣的可憐老婦人，知道這樣讓我很不爽嗎？」蘿絲瑪麗的態度很不客氣。

瑞文微笑，「妳還是跟以前一樣。」

「你跟以前倒是很不一樣了。」

「在教廷經歷了那些事情，妳說我要怎麼跟以前一樣呢？」瑞文嘆息，他看著腳下冒出蜷曲的綠色植物，一路攀爬著他的腿往上生長。

「柯羅也跟你經歷了一樣的事情，可是他沒有變成壞孩子。」蘿絲瑪麗說，「所以別找藉口了，瑞文。」

「壞孩子……」瑞文笑了笑，植物的枝枒纏繞上他的身體和頸子，越繞越緊，但他沒有絲毫驚慌。「妳當時已經都不管我們了，妳怎麼知道我經歷了什麼，我弟弟又經歷了什麼？」

蘿絲瑪麗沒有說話，她的手指輕輕一揮，枝枒在瑞文的頸子上收緊，用力勒住。

瑞文被不斷生長暴衝的植物捲上空中，臉因為脖子被掐住而漲紅，青筋暴露；然而他依舊帶著笑意，一副相當有餘裕的模樣。

「我母親發狂的時候妳不在她身邊，我和柯羅被她虐待的時候妳也不在我們身邊，妳沒有資格教訓我……」

「我們都有自己的問題。」蘿絲瑪麗說。她捏緊手指，枝枒上的荊棘刺進了瑞文的皮膚，鮮血濺了出來。

「所以妳想說這一切都與妳無關？達莉亞的死、教廷的所作所為……妳是不是有時候會暗自慶幸，他們摘的不是妳的子宮？」

「閉嘴！不准你這樣說她！」暹因吼著，牠轉頭對著蘿絲瑪麗說：「捏死他！蘿絲瑪麗！」

纏在身上的枝枒再度收緊，瑞文卻笑得更開心了，他看向蘿絲瑪麗，「妳變衰弱了，蘿絲瑪麗。」

「你現在這副德性還有臉說這種話……」

蘿絲瑪麗的話還沒說完，下一秒，瑞文輕輕打了個響舌，他身上瞬間燃燒起血紅色的熊熊大火。

火焰幾乎將瑞文整個吞沒。

暹因變回人形擋在蘿絲瑪麗面前，但襲來的強烈熱風還是吹散了蘿絲瑪麗精心整理好的頭髮。

這股熱風強烈到連不遠處的丹鹿都忍不住遮住臉趴在地上。

待火焰好不容易消褪後，蘿絲瑪麗的藤蔓、鮮花與枝枒已經全數燒毀，唯獨瑞文完好無缺地從裡頭走了出來。

「熟悉嗎？這一幕。」瑞文拍拂掉身上的灰燼，他凝視著蘿絲瑪麗，「當時他們也是用火這麼燒我的，可惜我很耐熱。」

蘿絲瑪麗試著再次舉起手指，喚醒她的植物，地上已經被燒成灰燼的草葉卻沒有復甦的跡象。

暹因再次變回黑豹的模樣，牠低聲呼嚕著，咧起利牙向瑞文走去，同時分身出更多的自己。

瑞文沒有半點退怯。

「你很虛弱，你的母親把愛全給了你，你已經吃到沒有糧食了，也不願意把母親對你的愛給吃掉嗎？」

「我會吃了你，孩子。」

「我聽過你和她的傳聞，我沒想過女巫和使魔真的可以變成這樣的關係，但我很好奇……等你母親走了之後，你會怎麼做呢？」

「閉嘴！」暹因和牠的分身們朝著瑞文衝了上去。

瑞文不為所動，他注視著上方朝他張牙舞爪地撲來的暹因。

暹因正覺得古怪，男巫腳下忽然出現了一道長長的影子。時間在那瞬間彷彿靜止住，牠感覺到男巫的腹部裡有動靜。

暹因的本能告訴牠，瑞文肚裡的東西是牠們的兄弟姐妹之一，但那東西給牠的感覺卻完全不同於其他的兄弟姐妹。

暹因身上的毛髮全部豎起。

影子爬到瑞文身上，在他背後形成一對巨大的黑色羽翼，在他頭上形成了兩根長長的角，彷彿惡魔的犄角，

不管那是什麼鬼東西，絕對遠比其他使魔都來得難纏。

不過這都無所謂。暹因心想，無論對方是什麼，牠都會教訓任何對牠的蘿絲瑪麗不敬的東西。然而就在牠張嘴撲上瑞文的那一刻，瑞文卻在牠面前化

作一團影子消失了。

暹因撲空落地，牠才剛轉身，就聽到丹鹿大喊著：「蘿絲瑪麗奶奶！小心！」

那些原本已經化為灰燼，焦黑地拓印在地面的枝枒又活了過來，只是這次它們化為了影子。

就像蘿絲瑪麗對瑞文做的那樣，那些影子仿照著蘿絲瑪麗的巫術，延伸到了蘿絲瑪麗的腳下，往上纏繞在她身上。

「奶奶！」丹鹿衝過去幫助蘿絲瑪麗，她卻在整個身體被纏住前朝丹鹿揮了一下手。

丹鹿被一股力量彈開，跌落在地。

「鹿！」

注意到動靜的榭汀轉過頭去，他正要上前，腳下卻被用力拉扯住。他往下一看，黑色的觸手纏住他的腳，而在下方遊蕩的，竟然是滿臉血淋淋的伏蘿。

「威廉！」榭汀怒不可抑地瞪向威廉。

「讓瑞文拿走靈魂碎片！榭汀，讓他拿走就好！」威廉喊著，他只希望這件事盡快結束。

「威廉你很棒呢！」朱諾在上方大笑著。

「柴郡！去救丹鹿和蘿絲瑪麗！」榭汀喊道，一邊努力掙扎，但人卻已經一半陷入了地面。

柴郡停下腳步，牠的視線在榭汀和蘿絲瑪麗之間來回打轉。

朱諾朝著原先對他們窮追不捨的柴郡說：「現在怎麼辦呢？大貓咪。」

柴郡咬牙，幾番權衡之下，使魔最後還是選擇了自己的父親。

而這時的丹鹿才剛站起身，蘿絲瑪麗已經整個人被影子纏住了，她的頸子上纏繞著一圈又一圈彷彿粗繩般的黑影。

一道長長的影子從上頭連接下來，像吊繩般將她吊起。

「奶奶！」丹鹿又要上前。

「不要過來！」蘿絲瑪麗卻對他喊著，「躲回你的老鼠洞！」

丹鹿沒有聽話，才剛上前一步，整個身體卻忽然僵直，無法動彈。

蘿絲瑪麗腳下的影子變得又長又大，一道黑影逐漸浮了上來。

瑞文出現在影子之中，他僅僅是瞥了丹鹿一眼，丹鹿便被一股外力強迫著立刻下跪。

丹鹿不可置信地看著眼前的男巫，他背後有著像翅膀般的黑影，頭上還長著如惡魔般的犄角……他從沒看過這樣的巫術。

「為什麼我們要走到這一步呢？」瑞文對著蘿絲瑪麗說，「我的本意並不是讓巫族自相殘殺。」

「那你的本意是什麼？」被吊著的蘿絲瑪麗沒有露出絲毫的畏懼之意。

「我只是想要讓事情回到最原本的狀態，巫族本該是無拘無束的，教廷和教士這種東西根本不該存在。」瑞文輕輕打了個響指，丹鹿整個人被壓在地上。

「鹿！」

剛被柴郡從地面拉出來的榭汀還沒能跑向丹鹿，上方的瑟兒便揚著牠的螯針朝他們俯衝。

瑞文的手指輕輕地往下，丹鹿的腦袋就被一股力量不斷往地面按壓，疼痛讓他哀嚎出聲。

蘿絲瑪麗輕輕嘆息，她看向正在擺脫影子纏繞的暹因，又看向瑞文。

「靈魂碎片給你，放開教士。」蘿絲瑪麗終於鬆口了。

瑞文看起來有些訝異。

「看起來暹因沒有完全吃掉妳的情感。」

「牠是隻很棒的使魔，或許牠想在我離開前留點什麼東西給我。」

蘿絲瑪麗一點也沒有被脅迫的模樣，彷彿早已預見了這一切，她終於交出了手中的靈魂碎片。

「雖然花了點時間，但謝謝妳的配合。」瑞文放開了對丹鹿的箝制，他伸手準備接過朱諾的靈魂碎片。

「你頭上那對犄角是黑羊的犄角，你知道吧？」蘿絲瑪麗緊緊抓著玻璃罐，她意有所指地說道：「和你一點也不搭配，你是從哪裡撿來這東西的？」

「祕密。」瑞文對著蘿絲瑪麗眨眼，比了個噓的動作。

瑞文的手上。

「蠢孩子。」蘿絲瑪麗不屑地笑了。

帶毒的藤蔓在這時從她的袖口中攀爬而出，細細的絲線攀過玻璃罐，爬到

瑞文嘆了口氣，他看著蘿絲瑪麗。

「妳的個性真的很倔，蘿絲瑪麗。」

「都這把年紀了，我高興怎樣就怎樣。」

瑞文沉默著，小小的火苗從他的手臂上開始燃燒，沿著蘿絲瑪麗的毒藤燒了回去。

「很高興再見到妳，蘿絲瑪麗，再見了。」他說。

蘿絲瑪麗最後看了暹因一眼，她對著她的使魔點頭微笑。

「等等！蘿絲瑪麗……」暹因喊叫著，可惜一切為時已晚。

在火焰燒上她的身體之前，暹貓女巫身上忽然盛開了大量的藍紫色花朵，並一點一點地隨著熱風飄散開來。

當暹因終於擺脫箝制時，女巫的身體已經完全轉變成花朵。在暹因衝上

前撲滅蘿絲瑪麗身上的火勢之後，留在牠懷裡的只剩蘿絲瑪麗最喜歡的那件洋裝，還有一堆不斷凋零的迷迭香小花。

暹貓女巫選擇不在火焰中燃燒，而是化作花朵飄散。

「要離開也要離開得很美，非常蘿絲瑪麗。」瑞文感慨地看著空氣中飛散的花朵。

「蘿絲瑪麗奶奶……」目睹一切的丹鹿崩潰地撿拾著地上的那些花朵，彷彿這樣可以拼回一個蘿絲瑪麗，可是那些花瓣卻一碰就枯萎。

暹因抱著蘿絲瑪麗的洋裝，在熊熊燃燒的火焰中發出了淒厲的哀嚎。

「怎麼會這樣……」

站在一旁的威廉看著眼前的這幕，整個人呆愣在原地，許久無法回神。柴郡抓到機會，用爪子斬斷了伏蘿的手。

伏蘿發出慘叫，放開了對榭汀的箝制。

榭汀讓柴郡絆住朱諾和瑟兒，自己則一路跑向丹鹿，將他帶離瑞文身邊。

「等等！奶奶還在那裡面……」丹鹿執拗地要撿拾地上燃燒的花朵。

「蘿絲瑪麗已經走了！」榭汀按著丹鹿不讓他動，一邊對著火焰中的暹因喊道：「暹因！過來！我現在是你的新父親了，回來我身邊！」

暹因卻仍然抱著洋裝待在原地，牠看起來已經對任何事情都失去了興趣。

「不，她是我唯一的女孩。」

「暹因！」

火焰蓋過了使魔，使魔自願待在火焰堆中，和蘿絲瑪麗的洋裝一同被吞噬。

瑞文沉默地抱著手中的靈魂碎片，面無表情地站了片刻後，他走向朱諾和威廉。

柴郡試圖回過頭來攻擊瑞文。瑞文打了幾個響指，一束火光在柴郡身旁炸開，而且就像是能預測到柴郡會在哪裡出現似的，即便牠隱身後再現身，火光仍然不斷地在牠身邊炸開。

柴郡被一路驅趕。

「任務完成，我們該離開了。」瑞文將朱諾的靈魂碎片還給了朱諾。

朱諾打開關押他許久的玻璃罐，裡頭黑色的靈魂碎片像久未見到主人的寵物一樣，興奮地撲了上去，鑽進朱諾的嘴裡。

「終於……」朱諾很滿意。

「威廉？」瑞文喚著呆愣的威廉。

威廉轉過頭來看他，不知何時竟然已經淚流滿面。瑞文沒多說什麼，只是對他招了招手。

「該離開了。」

威廉擦了擦眼淚，他默默地跟上。

「瑟兒！該歸巢了！」朱諾喊著，他開始向前走。

隨著使魔們的歸巢，溫室開始恢復原狀，黑暗的角落出現白光，各種不同的景色閃現。

就在瑞文帶著朱諾和威廉準備離開時，另一道巨大的影子忽然冒出。

瑞文停下腳步，彷彿已經預知到來者是誰，他轉過頭，對著從影子裡一路闖進來的人微笑。

柯羅從影子裡浮現，而萊特就跟在他身後。

闖入房間的柯羅和萊特看著眼前熊熊燃燒的火焰、抱著崩潰的丹鹿的榭汀，還有站在房間另一端的三名男巫。他們愣在原地，直到柯羅喊了聲：「瑞文？」

CHAPTER 10

兄弟

「瑞文？」

柯羅愣在原地，不敢相信出現在眼前的人是誰。

「嗨！小弟，好久不見了，有想我嗎？」瑞文笑瞇了眼，臉上的表情非常開心。

「怎麼回事？」萊特轉頭詢問榭汀和丹鹿。

「蘿絲瑪麗……奶奶她……還有暹因……都沒有了。」丹鹿只是不斷啜泣著，他手裡都是燒焦的花瓣。

萊特一時還沒能理解過來，他轉頭再度望向入侵黑萊塔的男巫們，威廉竟然也在其中。

「威廉？」萊特不解地看著威廉。威廉凝視著他，卻在和他對上眼時瞥開了視線。

「為什麼你會在這裡？瑞文！」柯羅握緊拳頭，盯著他已經有十年左右沒見的兄長，一時間，所有關於瑞文的記憶全數湧了上來。

會照顧他的瑞文，陪他玩的瑞文……還有跟隨著母親的步伐，逐漸邁入瘋狂的瑞文。

「為什麼你會在這裡！」柯羅的情緒激動了起來。

「他沒有告訴你我回來了嗎？我以為我在雪松鎮留下了訊息。」瑞文看了眼萊特。

「他在說什麼？」柯羅看向萊特。

我說過他是說謊精……肚子裡冒出了蝕的聲音。

萊特一時語塞，他看著柯羅，伸手搭上他的肩，「我會再跟你解釋，但現在不是說這些的時候。」

柯羅沒有回答，他用力甩開了萊特的手，再度看向瑞文，並吼道：「你回來到底是要做什麼！」

「我回來完成我所有的承諾，對你的、對教廷的、對所有人的。」瑞文的語氣溫柔，就像從前的他，還沒步上母親後塵的他。

看著這樣的瑞文，柯羅咬緊牙根，整個身體發冷又發熱。

腹部裡的蝕又偏偏挑選在這個時候躁動起來，他的胃和腸子像是被人用力擰緊似的難受。

「那個也是你做的嗎？在寂眠谷發生的事！」柯羅質問。

瑞文竟然露出了相當開心的表情。

「你有猜到？你還記得你當年跟哥哥和你說過的事？」

「果然是你！」

「我說過我會回來完成我承諾的事情，任何承諾。」瑞文說。

「你這個瘋子，那只是我小時候隨便說的話而已，你為什麼要當真！」

「那不是隨便說說的話，我知道你討厭教廷、討厭教士、討厭那些說我們的母親是瘋子卻又利用她的人。」

「我……」柯羅一時竟然無法反駁。他確實憎惡著這些人，而且直到現在都還是。

「柯羅，別聽他亂說。」萊特皺眉，他拉了把柯羅的衣角。

「你閉嘴！」柯羅甩開了萊特的手。

「柯羅……」

萊特正想再說些什麼，瑞文打斷了他。

「柯羅，不該繼續這樣下去了，我們極鴉家不該永遠被教廷用鍊子鎖在身邊利用。達莉亞已經成為了犧牲品，你想要繼續像現在這樣，沉默地站在旁邊，漠視圖麗成為下一個犧牲品嗎？」

瑞文的話惹惱了柯羅。

「我沒有！不准你這樣說我！」溫室裡忽明忽暗，像閃電一樣的光打在他們上方。

「那為什麼你還願意待在黑萊塔受他們利用呢？」瑞文說。

柯羅沉默，他的雙拳緊握。

這時，幾隻蠍子爬到了朱諾肩上，替他捎來新訊息——毒蛇要回來了。

「瑞文，該離開了。」朱諾提醒瑞文，「再不走，待會要離開會更費力，毒蛇沒這麼好應付。」

瑞文頷首。

「抱歉，小弟，我必須先走了，現在不是坐下來好好聊聊的時候，但我們後會有期。」瑞文對著柯羅說，也對著他身後的萊特說：「你也是，小蕭伍德。」

語畢，瑞文便轉過身，帶著威廉尾隨朱諾離開。

「別想跑！」柯羅二話不說地追了上去。

「柯羅！」叫不回柯羅，萊特回頭看了榭汀和丹鹿一眼。

丹鹿還沒辦法從剛剛的事情回過神，榭汀看著他，隨後神色凝重地對萊特搖頭，「不要衝動，你應付不了……」

但眼看著柯羅一路追了上去，萊特別無選擇，轉身就追在柯羅身後一同進入了朱諾用巫術開啟的通道。

「萊特！」

榭汀喊著，可惜通道在萊特跳進去後就跟著消失了。

周遭的景色不斷變動著，他們一下子跑在街道上，一下子跑在小巷內。空間不斷被拉長又被扭曲，萊特覺得自己就像奔跑在不斷滾動的大桶子裡，一切都讓人暈眩。

「停下來！不准逃！」

柯羅跑在最前面，近乎瘋狂。

「柯羅！」

萊特追著柯羅，對方卻完全沒有要聽他的話停下來的意思。

似乎是察覺了他們追在後頭，朱諾的笑聲從陰暗狹小的巷弄內傳來，引領著他們走在崎嶇的小巷裡。

外面很不巧地下起了大雨，一切都在阻礙他們的追逐。

「別白費功夫了，跟屁蟲們！」隨著雨聲，朱諾的聲音四面八方地從幽暗的巷弄裡傳出。

當走到岔路時，柯羅終於停了下來，他警戒地四處張望。

已經被淋得一身溼的萊特好不容易才追上柯羅，朱諾的笑聲卻再次傳來，「放棄了嗎？」

不知道是來自哪條岔路，他的聲音在小巷裡迴盪，四處都是奔跑的回音。

「出來！你、威廉和瑞文都給我滾出來！」柯羅對著四周吼道，回應他的卻只剩雨聲。

「等等，柯羅，你太衝動了，我們應該等大學長和伊甸……」

「現在不要跟我說這些！他明明回來了！他明明就回來了，你為什麼不告訴我！」找不到瑞文和朱諾的柯羅對著萊特大吼大叫，幾乎把怒氣全部發洩在他身上，「為什麼要說謊！你不是說過我們不該有祕密嗎？」

他在鬧著你玩。他肚子裡的東西發出聲音。

「你在鬧著我玩嗎？」柯羅把話原封不動地吐出來。

看你驚慌失措的模樣大概很有趣。

「看我這樣你覺得很有趣嗎？」

「柯羅……冷靜下來。」

萊特一直不告訴柯羅這件事情，就是不希望他失去理智。讓柯羅在這種狀況下知道瑞文的歸來，是最糟的情況。

此時的柯羅已經完全亂了套，他血紅色的眼珠裡盛滿怒氣，冰冷的雨滴也沒辦法澆熄他的憤怒。

無論代價，柯羅現在只想要抓到瑞文，讓他把這幾年的事情一次說清楚。

「聽我說，柯羅……」

萊特想解釋，卻被柯羅猛推了一把。

他現在沒資格跟你說這些。

「你現在沒資格跟我說這些！」

回想看看，小鑽石對你付出的好意是不是全都是虛情假意？

「柯羅！」

「閉嘴！」柯羅也不確定自己是在對誰大吼。他的怒氣讓天上降下了無聲的閃電，直接打在他們面前，發出刺眼的亮光。

被亮光刺痛了雙眼，萊特遮著眼睛往後退去。

柯羅愣了一下，他正要上前去查看萊特的狀況，眼角餘光卻瞥見被照亮的階梯。

瑞文的身影出現在階梯上方，一閃即逝。

「瑞文！」柯羅大喊，他用力彈指，閃電般的亮光繼續打在那些陰暗的小巷弄裡。他放著萊特繼續追了上去。

「柯羅！柯羅……」

任憑萊特在後面怎麼叫喊都沒用。

追著瑞文的影子，柯羅一路衝進巷弄之中，等他跑出巷弄後，竟然又到了另一個地方。

柯羅在滿是枯木的樹林中追著瑞文，他奔跑著，卻總覺得這片樹林很眼熟。一直到他看見不遠處矗立著的、殘破的達莉亞雕像，他才意識到朱諾他們竟然一路把他引回了極鴉家的宅邸。

他們在極鴉宅邸的後山樹林裡，以前瑞文常常陪著柯羅在這裡玩著躲貓貓的遊戲。

多麼諷刺……柯羅心想。

「柯羅……」遠遠的，柯羅還是能聽到萊特在喊他的聲音。萊特應該也追了上來。

有這麼幾秒的時間，柯羅動搖了。他停下腳步向後看去，思考著要不要等萊特追上。

然而前方樹林出現的動靜又引走了他的注意力。

「真的是很難纏啊，小烏鴉。」朱諾出現在樹林裡，對他嘲諷道，「回家乖乖上床睡覺吧！別再追來了，不然你哥哥要教訓你了。」

眼見朱諾轉過頭又準備往前奔跑，柯羅的耐心也被逼到了極限。他知道這時候如果萊特在他的身邊，一定會阻止他，可是這次他要丟下萊特了……

柯羅奔跑著，他解開襯衫，熟練地用口紅在腹部塗抹出召喚陣的圖騰。

「敲敲門。」他喊著。

我等你很久了……

蝕發出了興奮的聲音。

「我是你的父親，柯羅。」柯羅繼續喊著，「我命令你出來，蝕！」

那道黑影從他腹中爬出，帶來了黑暗。

蝕出現在空中，慵懶地伸展著羽翼。

「你想要什麼呢？我的小柯羅。」

「攔下他們！攔下瑞文！」柯羅命令。

蝕笑咧出一口銳利的白牙，「好，如你所願。」

牠拍拍翅膀，飛上空中。隨著飄落的黑色的羽毛，牠的影子如同黑色的煙霧，瀰漫了整片極鴉宅邸的後山樹林。

「你們想要玩躲貓貓是不是！我就陪你們玩！」柯羅喊著。

黑暗逐漸籠罩整片樹林，原本正在跑向另一個新場景的朱諾回頭看了眼，臉上嬉笑的神情不再。他將亞森交給了跑在前方的威廉，並且推了他一把，「快跑！」

威廉被推出了極鴉家的後山樹林，在朱諾要踏出去之前，黑暗卻完全封鎖住了出口。

眼前只剩一片黑暗，無論朱諾怎麼跑都跑不出去。他正要召喚出瑟兒，巨大的黑影出現在他面前。

那是朱諾第一次這麼近距離地見到傳說中的蝕。

使魔身上長滿豐厚的烏鴉羽毛，瘦削的臉俊美而蒼白，卻給人一種不寒而慄的感覺。

如果不是已經見過了更恐怖的存在，他可能會嚇到連站都站不穩。朱諾自嘲地想著，就在他按住腹部的那一瞬間，蝕張開了牠的羽翼。

朱諾整個人被彈開來，他向後重摔在地上。

「該死的！一家都是神經病！」朱諾咳著血，難受地試圖從地上爬起。

「跪下。」柯羅從蝕的影子裡走出來，他的神色冷漠。

朱諾當然沒聽話，他笑著爬起來，嘲諷柯羅：「你知道你現在的模樣和誰很像嗎？你媽和你哥。」

「跪下！」柯羅又說了一次。

朱諾想站起身，他腳下的影子卻跟他做出了相反的動作。

朱諾眼睜睜地看著自己的影子做出了跪下的動作，而自己的身體也無法控制地做出了同樣的動作。他的雙手被從腹部拉開，他的膝蓋軟弱而無力。

朱諾的影子和他的本體被對調過來了，他成了自己影子的……影子？

「瑞文在哪裡？」柯羅冷著臉問，眼神充滿殺意。

「抱歉，我錯了。」朱諾倔強地對著柯羅笑著，「你可能比你媽和你哥更瘋一點……」

朱諾的話還沒說完，他腳下向柯羅跪著的影子忽然動手掐住了自己的脖子，而朱諾也被迫進行相同的動作。

「我再問你一次，瑞文在哪裡？」

柯羅走上前，蝕在他背後咧嘴笑著。牠看著他的神情像在看一件藝術品，一件牠親自打造出來的藝術品。

「猜猜看啊，說出瑞文在哪裡，躲貓貓就不好玩……」朱諾收在自己脖子上的手掐得更用力了，他的話一時哽在喉嚨，連呼吸都有困難。

「少跟我廢話！我和榭汀不一樣，我會毫不猶豫地殺了你！」柯羅赤紅色的瞳孔閃著詭麗的色澤，和他背後的蝕一樣。

柯羅踩上了朱諾的影子，朱諾頭痛欲裂，就好像柯羅真的踩到他的頭上一樣。

「我們殺了他，我們吃掉他。」蝕在柯羅背後碎語著。

「快告訴我瑞文在哪裡！」柯羅加重了力道。

柯羅和蝕的影子同時籠罩著朱諾，直到這時，朱諾才真正感受到了恐懼和死亡的味道。他無法答話，肺部的空氣不足，血腥的鐵鏽味充斥他的鼻腔。

就在朱諾瀕死的前一刻，萊特衝了出來，「柯羅！住手！」

踩在朱諾身上的力道放輕了，空氣又重新流回了他的肺裡。他大口大口地呼吸著，頭暈目眩。

「喔，掃興。」柯羅身後的蝕發出了惋惜的聲音。

「別阻止我，萊特，這件事情跟你沒有關係。」柯羅冷冷地轉過身去，看著剛追上來的萊特。

「怎麼會沒有關係，我是你的督導教士，我不能讓你做這種事！」萊特說。

「哪種事？沒人會在意我殺掉一個沒有名分的男巫。」柯羅面無表情地說著，「也少拿你督導教士的身分出來說嘴，你不過是個混出來的種而已，你比我更沒資格管這些。」

話剛說出口，看著一臉受傷的萊特，柯羅自己也覺得太過分了；可是他背後的蝕卻不停笑著，好像他開了什麼無傷大雅的玩笑。

「住手吧！柯羅，你現在只是在氣頭上，如果真的這麼做了，你會後悔的。」萊特說。

「你怎麼知道我會後悔？」

「你看看你自己，還有你背後的蝕，你現在正在按照蝕的意願做事。」萊特說。

萊特的這番話點醒了柯羅，他轉頭瞪了蝕一眼，蝕溶在他的影子裡，笑咪咪地看著他。

蝕對著柯羅搖頭，「別聽小說謊精的謊話，都被騙幾次了，你還沒醒悟嗎？」

「相信我，柯羅，只要你冷靜下來跟我回去，我會跟你解釋一切的。」萊特哀求著。

柯羅握緊了拳頭，他的視線在蝕和萊特身上逡巡。

「拜託，柯羅……」

看著萊特，柯羅漸漸放鬆了拳頭，他背後的蝕倒是不太開心。就在柯羅準備走向萊特時，萊特身後的影子忽然往反方向拉得又長又遠。

注意到不對勁的柯羅大喊：「萊特！小心後面！」

萊特轉過頭時已經來不及了。

長著犄角的高大黑影從萊特身後浮起，牠伸手掐住萊特的頸子，將他舉向空中。萊特試圖掙扎，卻無法掙脫黑色影子的箝制。

柯羅瞪著眼前忽然出現的黑色巨物。那團掐著萊特的影子看不清樣貌，只能依稀分辨輪廓。牠頭上有兩支蜷曲的角，一雙金色的眼珠裡有著水平的方形瞳孔，就像真正的惡魔的瞳孔。

「我在這裡，柯羅。」緊接在影子身後浮現的是瑞文，他站在高大的影子後方。

「放開萊特！瑞文……放開他！」柯羅的臉色變得蒼白，對著瑞文吼道。

瑞文凝視著自己的小弟，他看向被掐在空中的萊特。仔細近看，他才發現年輕的小教士長得有多麼眼熟。

「你和那個人真的很像。」瑞文感嘆道。

萊特無法回話，他正試著將掐在頸子上的手拉開，但那東西像是沒有形體，他抓不到東西，卻又無法擺脫那股力量。

長著犄角的黑色影子目不轉睛地盯著萊特，彷彿萊特是什麼新鮮的玩具。掐在萊特頸子上的力道時而緊時而鬆，那東西對他很有興趣。

「簡直像輪迴一樣……」瑞文喃喃著。

「瑞文！」柯羅再次開口。

從萊特身上回過神，瑞文注視著瞬間沒了凶狠氣勢的柯羅，還有他身後的蝕。

蝕正盯著掐住萊特的黑影，黑暗之王難得露出了警戒凝重的神情，牠身上豐厚的黑色羽翼微微賁張。

「他對你來說這麼重要嗎？小弟。」

「把他還我！瑞文，快還我！不然我絕對會殺了你！」

瑞文微微擰眉，「你怎麼可以這麼對我說話？」

黑色的影子又將萊特掐緊了些，萊特掙扎的動作逐漸變小，這讓柯羅徹底慌了。他轉頭對著使魔命令：「蝕！快點，救下萊特！」

蝕卻待在原地不動。

「不。」

「蝕！」

「我很餓。」蝕冷漠地注視著柯羅。

「拜託，你要吃什麼我待會都可以給你，快幫我救萊特！」柯羅近乎哀求著，他的使魔卻仍然一臉漠然。

「該給的當然還是要給，那是你欠我的……但現在的問題不是這些，而是那個東西到底是什麼。」蝕的視線放到了那團黑影上。

面對其他使魔，號稱兄弟姐妹之中最強大的蝕第一次卻步了。

「代價太大，你現在給不起。」蝕說，牠用豐厚的羽翼包裹住自己，對著柯羅冷笑，「先等你之後餵飽我再說吧。」

使魔不願聽令，並且在柯羅沒有要求的情況下，牠主動化為黑影，爬回了巢穴。

「蝕……蝕！」柯羅喊著，他抓揉著自己的腹部，用口紅畫出的召喚陣已經整個糊掉。

眼見蝕不願意聽令，真的求助無門的柯羅跪坐在地。別無他法的他，只能抬起頭來重新和瑞文談判。

「不要動萊特，瑞文……我會讓你們走，但拜託不要動萊特。」

瑞文看著被使魔拋棄、神色倉皇的小弟，一臉無助的柯羅讓他想起了那些年的自己。

瑞文真心可憐他的小弟。

「他對你真的很重要是嗎？」

「還給我……求求你。」

瑞文嘆息，督導教士對他來說曾經也是這麼重要的搭檔和精神伴侶……不過最後他還是離他而去了。

瑞文看了眼已經不再掙扎的萊特，又看向朱諾，他輕輕說道：「朱諾，該走了。」

滿身狼狽的朱諾從地上爬起，一瘸一拐地朝瑞文走去。不屑地瞪了柯羅一眼後，他重新開啟了前往其他地方的通道。

「我們該走了。」瑞文又對著那團黑影說。

「我想要……這個……東西。」那團黑影第一次開口，牠搖晃著手中失去意識的萊特，像在搖晃鈴鐺一樣。

「不行，不是現在。」瑞文搖頭。

「但我……想要……餓……溫暖。」黑影用手戳著萊特的腹部。

「瑞文……」柯羅再次哀求。

瑞文看著這樣的柯羅，又看向臉色灰白的萊特，最後他轉頭離開，只對黑影丟下一句：「血可以，但別太過分。」

聞言，黑影在柯羅面前用指尖劃開了萊特的胸口，大量的鮮血濺了出來，而黑影只是想嚐這麼一口而已。

拎著不斷出血的萊特，黑影輕輕地將他放到地上。牠對著柯羅微笑，彷彿是想告訴對方：先還給你。

隨後，黑影轉身溶進瑞文的影子，隨著他一同消失在樹林裡。

回過神來的柯羅踉蹌地跑向萊特。教士躺在地上，沒有知覺。他的白色教士服被鮮血浸溼，逐漸染成了鮮豔的紅，連他那頭亮晶晶的金髮也被血漬和泥土沾染成了暗金色。

「喂！萊特……醒醒！喂！」柯羅抱著萊特，手足無措地脫下外套替他壓著出血的部位。

萊特沒有回應，臉上唯一有的血色是濺上來的鮮血。

「萊特！喂！萊特……」柯羅從沒有這麼無助過，他緊緊抱著萊特，教士的身體卻越來越冷。

烏鴉們在樹上不停大聲叫著，直到一扇門出現在樹林之中。

瀕臨崩潰的柯羅抬頭，他看著打開門衝進來的絲蘭和榭汀，後面還跟著一臉嚴肅的伊甸和約書。

三名男巫和教士圍到他們身邊，榭汀蹲下來檢查著萊特的傷勢，約書則神色凝重地按著他的肩膀詢問著什麼。

柯羅一個字都沒有聽進去，他只是抱著懷裡的萊特，不斷重複說著：「拜託你們救救他……拜託。」

絲蘭抱起了柯羅懷中的萊特，一滴雨水打在被榭汀拉起的柯羅的臉上。在一行人穿過絲蘭開啟的門離開之後，極鴉宅邸的後山樹林也下起了大雨。

——《夜鴉事典12》完

高寶書版集團
gobooks.com.tw

輕世代 FW362

夜鴉事典 12 —冥蝕之影—

作　　者　碰碰俺爺
繪　　者　woonak
編　　輯　林雨欣
校　　對　薛怡冠
美術編輯　彭裕芳
排　　版　彭立瑋

發 行 人　朱凱蕾
出　　版　三日月書版股份有限公司
　　　　　Printed in Taiwan
地　　址　臺北市內湖區洲子街 88 號 3 樓
網　　址　www.gobooks.com.tw
電　　話　(02) 27992788
電　　郵　readers@gobooks.com.tw（讀者服務部）
　　　　　pr@gobooks.com.tw（公關諮詢部）
傳　　真　出版部　(02) 27990909　行銷部 (02) 27993088
郵政劃撥　50404557
戶　　名　三日月書版股份有限公司
發　　行　英屬維京群島商高寶國際有限公司臺灣分公司
　　　　　Global Group Holdings, Ltd.
初版日期　2021 年 8 月

國家圖書館出版品預行編目 (CIP) 資料

夜鴉事典 / 碰碰俺爺著 .-- 初版 . -- 三日月書版股份有限公司出版：英屬維京群島高寶國際有限公司臺灣分公司發行 , 2021.08-
　冊；　公分 . --

ISBN 978-986-06564-3-5 (第 12 冊 : 平裝)

863.57　　110004355

三日月書版

三日月書版

GOBOOKS
& SITAK
GROUP©

GOBOOKS & SITAK GROUP©